CONTES

des

PARTICULIERS

— DE —
MILLARD NULLINGS
ILLUSTRÉS PAR ANDREW DAVIDSON
TRADUIT DE L'ANGLAIS (USA)
PAR SIDONIE VAN DEN DRIES

Titre original : *TALES OF THE PECULIAR*
Édité et annoté par Millard Nullings
Illustré par Andrew Davidson
© 2016, Syndrigast Publications
© 2016, Bayard Éditions
© Librairie Générale Française, 2018, pour la présente édition.

Imprimé dans une tente de nomade dans le désert de Lop
– également connu sous le nom de Grande Dépression de Lop –
qui s'étend vers l'est le long du Kuruk-Tagh jusqu'au bassin de Tarim,
dans la région autonome ouïgoure du Xinjiang,
une étendue presque parfaitement horizontale.

Relié à grands frais dans une installation souterraine située entre Fish Street Hill
et Pudding Lane, à Londres, et dont on vous recommande,
pour votre sécurité, de ne pas chercher à localiser l'entrée.

Attentivement relu par les deux têtes et cinq yeux de Patricia Panopticot.
« *Caesar non supra grammaticos.* »

S'il vous plaît, ne copiez pas, ne volez pas, ne cornez pas les pages de ce livre.
Ne l'utilisez pas comme dessous de verre ni comme cale-porte.
Surtout, ne lisez pas la troisième histoire de ce recueil à voix haute et à l'envers.
L'éditeur décline toute responsabilité en cas de manquement à cette règle.

À Peregrine Faucon, qui m'a appris à aimer les contes

M. N.

Homo sum : humani nil a me alienum puto.
                              Térence

Avant-propos • 13
Les splendides cannibales • 19
La princesse à la langue fourchue • 41
La première Ombrune • 57
L'amie des fantômes • 85
Cocobolo • 101
Les pigeons de Saint-Paul • 129
La fille qui apprivoisait les cauchemars • 139
Le criquet • 165
Le garçon qui retenait la mer • 185
L'histoire de Cuthbert • 209

Amis lecteurs,

Le livre que vous avez entre les mains est destiné aux particuliers, et à eux seuls. Si vous ne faites pas partie des anormaux – s'il ne vous arrive jamais de flotter au-dessus de votre lit en pleine nuit parce que vous avez oublié de vous attacher au matelas, si vous ne faites pas jaillir de flammes de vos mains aux pires moments, si vous ne mastiquez pas vos aliments à l'arrière de la tête –, je vous en prie, rangez cet ouvrage où vous l'avez trouvé et oubliez son existence. N'ayez crainte : vous ne perdrez rien. Je suis sûr que vous trouveriez ces histoires étranges, inquiétantes, et pas du tout à votre goût. Mais surtout, elles ne vous regardent pas.

                    Particulièrement vôtre.

                    L'éditeur

Avant-propos

SI VOUS ÊTES PARTICULIER – et si vous avez lu la page précédente, j'ose espérer que c'est le cas –, je n'ai pas besoin de vous présenter ce livre. Vous avez sans doute grandi avec ces contes, qui vous ont enchanté en même temps qu'ils vous instruisaient. Vous les avez lus ou entendus si souvent que vous pourriez réciter vos préférés par cœur.

Cependant, si vous faites partie de ces infortunés qui ont pris conscience tardivement de leur particularité, ou qui n'ont jamais eu accès à notre littérature, cette brève introduction est pour vous.

Transmis de génération en génération depuis des temps immémoriaux, LES CONTES DES PARTICULIERS tiennent à la fois de l'histoire et du conte de fées, et proposent des leçons de morale aux jeunes générations. Ils sont issus des traditions orales ou écrites de différentes contrées, et ils ont subi quelques transformations au fil des années. S'ils ont traversé les âges, c'est parce que nous les apprécions en tant qu'histoires, mais surtout parce qu'ils sont bien plus que cela. On peut y découvrir en filigrane l'emplacement de boucles cachées, l'identité secrète de certains personnages importants, ainsi que de nombreuses informations permettant aux particuliers de survivre dans ce monde hostile. Je sais de quoi je parle : c'est grâce à eux que je suis encore là pour écrire ces lignes. Ils ont également sauvé la vie de mes amis et de notre chère Ombrune, Miss Peregrine. Nous sommes les preuves vivantes que ces contes d'autrefois sont toujours précieux pour les particuliers d'aujourd'hui ; c'est pourquoi je me suis fixé la tâche de les préserver et de les transmettre. Cette nouvelle édition n'est pas complète, bien sûr. Le recueil que j'ai lu quand j'étais enfant se composait de trois gros volumes qui pesaient, ensemble, plus lourd que mon amie Bronwyn. Vous trouverez ici mes histoires préférées, que j'ai pris la liberté d'annoter, afin de vous faire profiter de mes connaissances historiques. J'espère que cette édition, plus maniable que les précédentes, sera pour vous un agréable compagnon de voyage et d'aventure, et vous sera aussi utile qu'à moi. L'idéal serait de découvrir ces contes devant un feu crépitant, par une nuit glaciale, un oursinge endormi à vos pieds. Mais rappelez-vous qu'ils ne sont pas destinés à tout le monde. Si vous devez les lire à voix haute (et je vous y encourage vivement), assurez-vous que votre public est composé exclusivement de particuliers.

Millard Nullings

CONTES des
PARTICULIERS

Les splendides cannibales

es particuliers du village de Swampmuck vivaient très modestement. C'étaient des fermiers qui habitaient dans de frêles maisons de roseaux et ne possédaient pas grand-chose, mais ils étaient joyeux, en bonne santé, et se contentaient de peu.

La nourriture poussait en abondance dans leurs jardins, de l'eau claire courait dans les torrents alentour, et leurs humbles demeures leur paraissaient luxueuses, car à Swampmuck, il faisait toujours beau.

Les villageois aimaient tant leur travail qu'il était fréquent de les voir passer la nuit dans leurs marécages, après une longue journée de labeur.

De toute l'année, la période des moissons était leur préférée. Du matin jusqu'au soir, ils fauchaient les herbes des marais, dont ils faisaient des gerbes. Ils les transportaient ensuite, à dos d'âne, jusqu'au marché de Chipping Whippet, à cinq jours de route de là. C'était un travail ingrat. Les herbes coupantes leur écorchaient les mains. Les ânes avaient mauvais caractère et mordaient leurs maîtres. La route du marché était constellée de nids-de-poule et infestée de voleurs. Les accidents de travail étaient fréquents. Dernièrement, le fermier Pullman avait coupé la jambe de son voisin avec sa faucille dans un excès de zèle. La victime, un certain Hayworth, s'était mise en colère – on le comprend –, mais il avait aussitôt pardonné à son voisin, car les habitants de Swampmuck n'étaient pas rancuniers.

Les quelques sous qu'ils gagnaient au marché leur permettaient d'acheter des produits de première nécessité, ainsi qu'un gigot de chèvre. Ils dégustaient ce mets de choix lors d'un grand festin organisé une fois par an, et qui durait plusieurs jours.

Cette année-là, juste après la fin de la fête, alors que les gens s'apprêtaient à reprendre leur travail dans les marécages, trois voyageurs arrivèrent au village. C'était un évènement exceptionnel à Swampmuck, qui n'était pas un endroit particulièrement agréable à visiter. Une chose est sûre : on n'en avait jamais vu de tels. Deux hommes et une femme, vêtus de soie et de brocart, qui chevauchaient trois splendides pur-sang arabes.

Malgré leur richesse apparente, ces voyageurs étaient maigres, et se tenaient avec difficulté sur leurs selles ornées de pierres précieuses.

Les villageois, curieux, se rassemblèrent autour d'eux. Ils s'extasièrent sur leurs magnifiques habits et sur leurs chevaux.

– Ne vous approchez pas trop ! leur recommanda la fermière Sally. Ils ont l'air malades.

— Nous sommes en route pour la côte de Meek[1], expliqua l'un des visiteurs – le seul qui avait encore la force de parler. Nous avons été pris en chasse par des bandits, voici plusieurs semaines. En voulant les semer, nous nous sommes perdus. Depuis, on tourne en rond, à la recherche de la vieille voie romaine.

— Vous êtes très loin de la voie romaine, signala Sally.

— Et encore plus loin de la côte de Meek, ajouta Pullman.

— Loin comment ? demanda le visiteur.

— À six jours de cheval, répondit Sally.

— Nous n'y arriverons jamais ! se désespéra l'homme.

À ces mots, la dame vêtue de soie perdit connaissance et s'effondra à terre.

Les villageois, pris de compassion – et malgré leur crainte d'attraper une maladie contagieuse –, conduisirent l'infortunée et ses compagnons dans la maison la plus proche. On leur donna de l'eau et on les installa sur des lits de paille confortables. Une douzaine de villageois vint leur proposer de l'aide.

— Laissez-les respirer ! grommela le fermier Pullman. Ne voyez-vous pas qu'ils sont à bout de forces ? Ils ont besoin de repos !

— C'est un docteur qu'il leur faut ! protesta Sally.

— Nous ne sommes pas malades, mais épuisés, expliqua le voyageur. Nous avons fini nos dernières

---

1. Une zone d'exil bien connue située dans les Cornouailles, au sud-ouest de l'Angleterre.

provisions il y a une semaine, et depuis, nous n'avons rien mangé.

Sally se demanda pourquoi des gens aussi riches n'avaient pas acheté des vivres à des voyageurs croisés en chemin, mais elle était trop polie pour leur poser la question. Elle envoya quelques garçons chercher des bols de soupe d'herbes du marais, du pain de millet, et un reste de gigot de chèvre. Mais quand on déposa ces victuailles devant les visiteurs, ils refusèrent d'y toucher.

— Ne le prenez pas mal, dit l'homme, mais nous ne pouvons pas manger cela...

— Je sais que c'est un humble repas, s'excusa Sally. Vous êtes probablement habitués à des mets de rois. Hélas, c'est tout ce que l'on a...

— Ce n'est pas ça..., se justifia le voyageur. Seulement, nos corps ne peuvent pas digérer de tels aliments. Si l'on se forçait à les avaler, ils ne feraient que nous affaiblir davantage.

Les villageois étaient perplexes.

— Si vous ne pouvez manger ni céréales, ni légumes, ni viande, de quoi vous nourrissez-vous ? s'étonna Pullman.

— De gens, répondit l'homme.

Les occupants de la petite maison reculèrent tous ensemble.

— Vous voulez dire que vous êtes des... des cannibales ? bredouilla Hayworth.

— Par nature, et non par choix, précisa l'homme. Mais oui, c'est exact.

Afin de tranquilliser les villageois, il leur confia qu'ils étaient des gens civilisés, et qu'ils ne tuaient jamais d'innocents. Leurs semblables et eux avaient conclu un accord avec le roi : ils s'engageaient à ne pas enlever ni manger de gens contre leur gré. En échange, on les autorisait à acheter – pour des sommes exorbitantes –, les membres sectionnés de victimes d'accidents et les cadavres des criminels pendus. Ils se dirigeaient vers la côte de Meek, car c'était la région d'Angleterre qui comptait le plus grand nombre d'accidents et de condamnés à mort. La nourriture, bien que rare, y était donc plus abondante qu'ailleurs.

Les cannibales avaient beau être riches, en ce temps-là, ils ne mangeaient jamais à leur faim, et leur appétit les tourmentait en permanence. Ceux qui venaient d'arriver à Swampmuck, déjà affamés alors qu'ils étaient encore à plusieurs jours de route de Meek, semblaient voués à une mort certaine.

Les habitants de n'importe quel autre village, particuliers ou non, auraient laissé les cannibales dépérir. Mais les gens de Swampmuck étaient si bienveillants que cette qualité en devenait un défaut. Aussi personne ne fut-il surpris quand Hayworth s'avança en boitant sur ses béquilles, et déclara :

— J'ai perdu une jambe dans un accident, il y a quelques jours. Je l'ai jetée dans mon marécage, mais je devrais pouvoir la retrouver, si les anguilles ne l'ont pas dévorée.

Les yeux des cannibales s'allumèrent.

— Vous feriez cela ? demanda la femme, écartant ses longs cheveux pour dévoiler une joue creuse.

— C'est vrai que c'est un peu bizarre..., admit Hayworth. Mais on ne va quand même pas vous laisser mourir.

Les autres villageois étaient du même avis. Hayworth regagna donc son marécage en boitant et repêcha sa jambe. Il la débarrassa des anguilles qui la grignotaient et la rapporta aux cannibales sur un plateau.

L'un des hommes lui tendit une bourse pleine d'argent.

— Qu'est-ce que c'est ? demanda le fermier.

— Votre rétribution, répondit le cannibale. C'est la somme que nous fait payer le roi.

— Je ne peux pas accepter, protesta Hayworth.

Mais quand il voulut lui rendre la bourse, l'homme mit les mains dans son dos et sourit.

— C'est amplement mérité. Vous nous avez sauvé la vie !

Les villageois se détournèrent poliment lorsque les cannibales se mirent à manger. Hayworth ouvrit la bourse, jeta un coup d'œil à l'intérieur, et pâlit légèrement. Il n'avait jamais vu autant d'argent.

Les cannibales passèrent les quelques jours qui suivirent à manger et à recouvrer leurs forces. Lorsqu'ils furent prêts à se remettre en route pour la côte de Meek – avec les bonnes indications, cette fois –, tous les villageois se rassemblèrent pour leur dire au revoir. À cette occasion, les cannibales remarquèrent que Hayworth marchait sans béquilles.

— Je ne comprends pas, s'étonna l'un des hommes. Je croyais qu'on avait mangé votre jambe !

— C'est vrai, répondit Hayworth. Mais quand les particuliers de Swampmuck perdent un membre, il repousse[2].

Le cannibale eut une drôle d'expression. Il faillit ajouter quelque chose, mais se ravisa. Finalement, il enfourcha son cheval et s'éloigna avec les autres.

Les semaines passèrent. La vie à Swampmuck retrouva son cours normal pour tous les villageois, sauf pour Hayworth. Le fermier était distrait, et pendant la journée, on le voyait souvent appuyé sur sa pioche, le regard dans le vague. Il pensait à la bourse qu'il avait cachée dans un trou. Qu'allait-il faire de cet argent ?

Ses amis ne manquaient pas d'idées.

— Tu pourrais te faire confectionner de beaux vêtements, lui suggéra le fermier Bettelheim.

— À quoi bon ? répondit Hayworth. Je travaille dans le marécage toute la journée ; ils seraient vite fichus.

— Achète-toi des livres, proposa Hegel. Une grande bibliothèque !

— Je ne sais pas lire, objecta Hayworth. Personne ne sait lire, à Swampmuck.

La suggestion du fermier Bachelard était la plus stupide de toutes :

— Tu devrais t'acheter un éléphant pour transporter tes herbes jusqu'au marché.

---

2. À une certaine époque – lointaine et bénie – les particuliers pouvaient vivre ensemble, au grand jour, sans craindre les persécutions. Ils se rassemblaient souvent en fonction de leurs particularités : une pratique que l'on condamne aujourd'hui, car elle favorise l'esprit de clan.

— Il les mangerait en chemin ! protesta Hayworth, de plus en plus agacé. Si seulement je pouvais faire quelque chose pour ma maison... Les roseaux n'arrêtent pas le vent, et l'hiver, elle est pleine de courants d'air.

— Tu n'as qu'à utiliser l'argent pour tapisser les murs, suggéra le fermier Anderson.

— C'est ridicule ! intervint Sally. Il ferait mieux de se construire une nouvelle maison.

C'est précisément ce que fit Hayworth. Il bâtit une maison en bois, la première à Swampmuck. Elle était petite, mais robuste, et le protégeait du vent. Elle avait même une porte qui s'ouvrait et se fermait sur des gonds. Hayworth en était très fier, et il faisait des envieux dans tout le village.

Au bout de quelque temps, un autre groupe de visiteurs arriva. Ils étaient quatre : trois hommes et une femme. Comme ils étaient richement vêtus et chevauchaient des pur-sang arabes, les villageois devinèrent qu'ils avaient affaire à des cannibales civilisés, venus de la côte de Meek[3]. Mais ceux-là ne semblaient pas affamés.

De nouveau, les gens, émerveillés, se rassemblèrent autour des voyageurs. La femme, qui portait une chemise tissée de fils d'or, un pantalon orné de boutons de perle et des bottes bordées de fourrure de renard, s'adressa à eux en ces termes :

— Des amis à nous se sont arrêtés dans votre village, il y a quelques semaines, et vous leur avez témoigné

---

[3]. La source de la richesse des cannibales ? La manufacture de bonbons et de jouets pour enfants.

beaucoup de gentillesse. Comme nous ne sommes pas habitués à être traités ainsi, nous avons tenu à venir vous remercier en personne.

Les cannibales descendirent de leurs montures et s'inclinèrent devant les villageois, puis ils leur serrèrent la main à tour de rôle. Les gens furent surpris par la douceur de leur peau.

— Une dernière chose avant de partir ! reprit la femme cannibale. Nous avons entendu dire que vous aviez un talent exceptionnel. Est-il vrai que vos membres coupés repoussent ?

— C'est vrai, confirmèrent les villageois.

— Dans ce cas, enchaîna la femme, nous avons une proposition à vous faire. Les membres que nous mangeons sur la côte de Meek sont rarement frais, et nous en avons assez de consommer de la viande avariée. Accepteriez-vous de nous vendre quelques-uns des vôtres ? Nous vous payerions grassement, bien entendu.

Sur ces mots, elle ouvrit le sac accroché à sa selle. Il était plein à craquer de pièces et de bijoux.

Les villageois regardèrent cette fortune avec des yeux ronds, mais ils hésitaient. Ils se détournèrent pour en discuter à voix basse.

— On ne peut pas vendre nos membres, affirmait le fermier Pullman. Moi, j'ai besoin de mes jambes pour marcher !

— Dans ce cas, vendons-leur seulement nos bras, proposa Bachelard.

— Et comment travaillera-t-on ? demanda Hayworth.

— Si on est payés en échange de nos bras, on n'aura plus besoin de cultiver les herbes des marécages, raisonna Anderson. Elles ne nous rapportent presque rien, de toute manière.

— Ça ne me semble pas correct de nous vendre ainsi, objecta Hayworth.

— Facile à dire pour toi ! protesta Bettelheim. Tu as une maison en bois !

C'est ainsi que les villageois passèrent un marché avec les cannibales : les droitiers vendraient leur bras gauche, et les gauchers, leur bras droit. Et ils recommenceraient une fois que leurs membres auraient repoussé. Ainsi, ils auraient une source de revenus régulière. Ils ne seraient plus obligés de s'échiner dans les marécages, et ne craindraient plus les mauvaises récoltes.

Tout le monde semblait satisfait de cet arrangement, sauf le fermier Hayworth. Il aimait bien travailler dans son marécage, et se désolait de voir le village abandonner ses activités traditionnelles.

Mais Hayworth n'y pouvait rien. Il se contentait de regarder, impuissant, ses voisins abandonner les travaux de la ferme, laisser leurs marécages en friche et se couper les bras. (Leur particularité faisait que ce n'était pas très douloureux : les membres se détachaient facilement, comme la queue d'un lézard.)

Avec leur argent, les villageois achetèrent à manger au marché de Chipping Whippet. Le gigot de chèvre, autrefois réservé au festin annuel, devint un plat quotidien. Puis ils se firent construire des maisons en bois comme celle du fermier Hayworth. Tout le monde voulait une porte qui s'articulait sur des gonds, bien sûr.

Quand le fermier Pullman construisit une maison à un étage, tous les autres voulurent la même. Et quand Sally fit bâtir une maison à un étage avec un toit à deux pentes, tous l'imitèrent. Dès que les bras des villageois repoussaient, ils les coupaient, les vendaient aux cannibales, et utilisaient l'argent pour agrandir leur maison. À la longue, celles-ci devinrent si énormes qu'il ne restait presque plus d'espace entre elles. La place du village, autrefois large et ouverte, n'était plus qu'une allée minuscule.

Le fermier Bachelard fut le premier à trouver une solution. Il acheta un vaste lopin de terre à l'extérieur du village et construisit une nouvelle maison, encore plus grande que la précédente (qui possédait déjà trois portes articulées sur des gonds, un étage, un toit à deux pentes, *et* une véranda !).

C'est à peu près à cette époque-là que les gens cessèrent de s'appeler *fermier* ceci, ou *fermière* cela, pour se dénommer Monsieur Untel, ou Madame Unetelle, car ils n'étaient plus fermiers. Sauf Hayworth, bien sûr, qui continuait à exploiter son marécage et refusait de vendre ses membres aux cannibales. Il était attaché à sa maison toute simple. Et d'ailleurs, elle ne lui servait pas souvent, car il aimait toujours dormir dans son marécage après une bonne journée de travail. Ses amis, qui le trouvaient idiot et vieux-jeu, cessèrent peu à peu de lui rendre visite.

Le village de Swampmuck, si modeste autrefois, s'étendit rapidement. Les villageois achetaient des terrains de plus en plus grands, où ils bâtissaient des maisons de plus en plus hautes, de plus en plus tarabiscotées. Pour payer tout cela, ils se mirent à vendre aux cannibales une jambe en plus d'un bras (la jambe du côté opposé au bras, pour faciliter l'équilibre), et apprirent à se déplacer avec des béquilles. Les cannibales, apparemment dotés d'un appétit insatiable et de richesses inépuisables, se réjouissaient de la situation.

Le jour où M. Pullman démolit sa maison de bois et la remplaça par une autre, en brique, les villageois se livrèrent à une farouche compétition pour bâtir la maison de brique la plus impressionnante. Mais M. Bettelheim les surpassa tous en construisant une magnifique bâtisse en calcaire couleur miel : le genre de demeure que seuls les riches marchands de Chipping Whippet pouvaient s'offrir. Pour se la payer, il avait vendu un bras et ses deux jambes.

— Il est allé trop loin ! se plaignit Sally, qui dégustait un sandwich au gigot de chèvre dans le nouveau restaurant chic du village.

Ses amies étaient du même avis.

— Comment va-t-il profiter d'une maison à deux étages, s'il n'est même pas capable de monter l'escalier ? s'esclaffa Mme Wannamaker.

Sur ces entrefaites, M. Bettelheim entra dans le restaurant, porté par un grand gaillard du village voisin.

— J'emploie un homme pour me porter dans l'escalier, et me conduire partout où j'ai envie d'aller, annonça-t-il fièrement. Je n'ai pas besoin de jambes !

Les dames étaient stupéfaites, mais elles ne tardèrent pas à vendre leurs jambes à leur tour. Alors, dans tout le village, les maisons de briques furent rasées et remplacées par d'immenses bâtisses en calcaire.

Les cannibales, à ce moment-là, avaient quitté la côte de Meek pour s'installer dans la forêt, près de Swampmuck. Ils n'allaient pas se contenter de quelques criminels pendus et de restes d'accidents, alors que les membres des villageois étaient frais, goûteux, et disponibles en abondance. Leurs maisons dans la forêt étaient modestes, car ils donnaient presque tout leur argent aux villageois, mais ça ne les dérangeait pas. Ils préféraient vivre dans des cabanes avec le ventre plein, plutôt que mourir de faim dans des palais.

Les villageois et les cannibales étaient de plus en plus dépendants les uns des autres, et leurs appétits respectifs ne cessaient de croître. Les cannibales devinrent gros. Ayant épuisé toutes les recettes qu'ils connaissaient pour cuisiner les bras et les jambes, ils commencèrent à se demander quel goût avaient les oreilles des villageois. Mais ces derniers ne voulaient pas les leur vendre, car elles ne repoussaient pas.

Un jour, pourtant, M. Bachelard, transporté par son grand gaillard de serviteur, rendit une visite secrète aux cannibales de la forêt pour savoir combien ils seraient prêts à payer ses oreilles. « J'entendrais aussi bien sans », se disait-il. Et la superbe maison de marbre blanc qu'il pourrait se faire construire avec ses gains le consolerait de s'être enlaidi.

Certains astucieux parmi vous se demandent peut-être pourquoi M. Bachelard n'a pas économisé l'argent que lui rapportait la vente de ses bras et jambes, jusqu'à ce qu'il puisse se payer une maison de marbre. La réponse est qu'il ne pouvait rien économiser, car il avait contracté un prêt important auprès d'une banque pour acheter le terrain où se dressait sa maison de calcaire. À présent, il devait à la banque un bras et une jambe chaque mois, rien que pour rembourser les intérêts. Il était donc obligé de vendre ses oreilles.

Les cannibales offrirent à M. Bachelard une somme exorbitante. Ce dernier leur céda ses oreilles et remplaça sa maison de calcaire par la maison de marbre de ses rêves. C'était la plus belle du village, et peut-être même de toute la région. Et bien que, dans son dos, les habitants de Swampmuck ne se soient pas privés de critiquer Bachelard, qui avait été assez idiot pour vendre ses oreilles et s'était affreusement enlaidi, ils lui rendaient fréquemment visite. Ils commandaient à leurs serviteurs de les transporter dans les pièces de marbre, de leur faire monter et descendre les escaliers de marbre, et quand ils rentraient chez eux, ils étaient verts d'envie.

À cette époque-là, à part le fermier Hayworth, plus aucun villageois n'avait de jambes, et ils étaient très peu à avoir des bras. Pendant quelque temps, ils voulurent tous en garder un, pour pouvoir montrer les choses et se nourrir. Puis ils comprirent qu'un serviteur pouvait facilement porter une cuillère ou un verre à leurs lèvres, et que ce n'était pas plus fatigant de dire « va me chercher ceci », ou « va me chercher cela » que de montrer un objet à l'autre bout de la pièce. Les bras furent alors considérés comme des luxes inutiles, et les villageois, réduits à des troncs sans membres, voyagèrent dans des sacs de soie que leurs serviteurs portaient en bandoulière.

Les oreilles connurent bientôt le même sort que les bras. Les villageois assuraient qu'ils n'avaient jamais critiqué M. Bachelard, pas plus qu'ils ne l'avaient trouvé laid.

— Ce n'est pas si vilain, disait M. Bettelheim.
— Il suffit de porter des cache-oreilles, ajoutait M. Anderson.

Lorsque les oreilles furent coupées et vendues, les maisons de marbre sortirent de terre. Le village était désormais réputé pour sa beauté architecturale. L'ancien trou perdu, où l'on atterrissait par mégarde, devint une destination touristique prisée. On construisit un hôtel et plusieurs autres restaurants. Les sandwichs de gigot de chèvre n'étaient même plus au menu. Les habitants de Swampmuck affirmaient qu'ils n'en avaient jamais entendu parler.

Les touristes s'attardaient quelquefois près de la maisonnette de bois du fermier Hayworth, étonnés par le contraste qu'elle offrait avec les palais voisins. Il leur expliquait alors qu'il tenait beaucoup à sa vie toute simple de fermier à quatre membres, et leur faisait visiter son marécage. C'était le dernier de Swampmuck : tous les autres avaient été comblés de terre pour accueillir des maisons.

Le pays tout entier admirait Swampmuck et ses somptueux palais de marbre. Leurs propriétaires, qui adoraient faire l'objet d'une telle attention, cherchaient par tous les moyens à se distinguer les uns des autres. Chacun voulait être reconnu comme le propriétaire de la plus belle maison de Swampmuck. Hélas, ils utilisaient déjà leurs bras et leurs jambes chaque mois pour payer les intérêts des emprunts, et ils n'avaient plus d'oreilles. Ils allèrent donc voir les cannibales pour leur proposer d'autres affaires.

— Me prêteriez-vous de l'argent avec mon nez en gage ? s'enquit Sally.

— Non, répondirent-ils. Mais on veut bien vous l'acheter.

— Si je me coupe le nez, j'aurai l'air d'un monstre ! s'offusqua-t-elle.

— Vous n'aurez qu'à mettre un foulard...

Sally refusa et commanda à son serviteur de la ramener chez elle. Ce fut au tour de M. Bettelheim de tenter sa chance.

— Voulez-vous acheter mon neveu ? demanda-t-il aux cannibales, tandis que son serviteur poussait vers eux un petit garçon de huit ans.

— Certainement pas !

Ils donnèrent un bonbon au garçon terrifié avant de le renvoyer chez lui.

Sally revint quelques jours plus tard.

— C'est d'accord, soupira-t-elle. Je vous vends mon nez.

Elle fit remplacer son appendice par un faux nez en or, et avec l'argent qu'il lui restait, fit coiffer son palais de marbre d'un énorme dôme en or.

Vous devinez probablement la suite. Tous les habitants du village vendirent leur nez pour construire des dômes en or, des tours et des tourelles. Puis les gens vendirent leurs yeux — un seul chacun — et employèrent l'argent pour creuser des douves autour de leurs palais, qu'ils remplirent de vin et de poissons exotiques ivres. Ils affirmaient qu'avoir deux yeux ne servait qu'à lancer et attraper des choses. Comme ils n'avaient plus de bras, c'était un luxe inutile. Il suffisait d'un œil pour apprécier la beauté de leurs palais.

Quant aux cannibales, ils avaient beau être civilisés et respecter la loi, ce n'étaient pas des saints. Ils habitaient des cabanes dans la forêt et faisaient cuire leur nourriture sur des feux de camp, pendant que les villageois se prélassaient dans des manoirs et des palaces, entourés de serviteurs. Un beau jour, ils décidèrent donc de s'installer chez eux. Les demeures étaient si vastes que les villageois mirent un certain temps à s'en apercevoir. Et là, ils se fâchèrent.

— On ne vous a jamais invités ! déclarèrent-ils. Vous êtes de sales cannibales, vous mangez de la chair humaine ! Retournez dans les bois !

— Si vous ne nous laissez pas habiter ici, répondirent les cannibales, on arrêtera de vous acheter vos membres, et on retournera à Meek. Vous ne pourrez plus rembourser vos emprunts. Vous perdrez tout...

Les villageois étaient désemparés. Ils ne voulaient pas des cannibales chez eux, mais ils ne se voyaient pas vivre comme autrefois. Non seulement ils perdraient leurs maisons, mais ils seraient borgnes, défigurés, et n'auraient plus de marécages à cultiver. C'était impensable !

À contrecœur, ils laissèrent donc les cannibales rester. Ces derniers s'installèrent dans toutes les maisons du village, sauf celle du fermier Hayworth, car personne ne voulait vivre dans une vulgaire cabane de bois. Ils occupèrent les suites des maîtres et les plus grandes chambres, et obligèrent les villageois à déménager dans les chambres d'amis — dont certaines n'étaient même pas équipées de salles de bains ! M. Bachelard fut contraint de dormir dans son poulailler. M. Anderson se réfugia dans sa cave (c'était une cave très agréable, mais quand même).

Les villageois se plaignaient de leur sort (ils avaient encore leurs langues, après tout).

— Vos odeurs de cuisine me rendent malade ! ne cessait de répéter Sally à ses cannibales.

— Les touristes n'arrêtent pas de nous interroger à votre sujet. C'est embarrassant, à la fin ! cria M. Pullman à ses locataires, qui lisaient tranquillement dans la bibliothèque.

M. Bettelheim n'hésita pas à employer la menace pour intimider Héctor, son cannibale d'origine espagnole :

— Si vous ne déménagez pas, je dirai à la police que vous avez kidnappé des enfants pour en faire des quiches lorraines !

Après quelques semaines de ce régime, Héctor, excédé, proposa tout l'argent qu'il lui restait à M. Bettelheim en échange de sa langue.

M. Bettelheim réfléchit longuement. Sans langue, il ne pourrait plus se plaindre, ni menacer Héctor. D'un autre côté, avec la somme qu'il lui offrait, il n'aurait plus aucune raison de se plaindre. Et il serait le seul du village à posséder deux maisons de marbre avec un dôme en or !

Si M. Bettelheim avait demandé conseil au fermier Hayworth, son vieil ami lui aurait conseillé de refuser l'offre du cannibale. «Si les odeurs de cuisine d'Héctor t'incommodent, viens vivre chez moi, lui aurait-il proposé. Il y a largement assez de place pour deux.» Mais Bettelheim avait depuis longtemps tourné le dos à Hayworth, comme le reste du village, aussi ne l'interrogea-t-il pas. De toute manière, il était trop fier ; il aurait préféré vivre sans langue, plutôt que dans la petite maison triste de Hayworth.

Il alla donc trouver Héctor et lui dit qu'il acceptait. Le cannibale sortit le couteau de boucher qu'il portait toujours à la ceinture.

— Vraiment ?
— Vraiment ! confirma Bettelheim en tirant la langue.

Héctor fit ce qu'il avait à faire et fourra du coton dans la bouche de Bettelheim pour arrêter le saignement. Puis il emporta la langue dans la cuisine, la fit frire dans de l'huile de truffe et la dégusta. Une fois rassasié, il rassembla tout l'argent qu'il avait promis à Bettelheim et le distribua à ses serviteurs, avant de les renvoyer. Sans membres, sans langue, et très en colère, Bettelheim se tortillait par terre en grondant. Héctor le ramassa, l'emporta dehors et l'attacha à un piquet, dans un coin ombragé du jardin.

Les jours suivants, Héctor apporta à boire et à manger deux fois par jour à Bettelheim, tandis que ce dernier, tel un arbre fruitier, faisait pousser des bras et des jambes que le cannibale venait cueillir. Héctor culpabilisait un peu, mais pas trop. Plus tard, il épousa une sympathique jeune cannibale, et ils élevèrent ensemble des enfants cannibales, nourris par l'homme particulier du jardin.

Tous les villageois connurent le même destin, sauf le fermier Hayworth, qui avait gardé ses membres, vivait dans sa maisonnette et cultivait son marécage, comme toujours. Il ne dérangeait pas ses voisins, et eux non plus. Il avait tout ce qu'il lui fallait. Eux aussi.

Et ils vécurent heureux jusqu'à la fin des temps.

La princesse à la langue fourchue

Il était une fois, dans l'ancien royaume de Frankenbourg, une princesse qui possédait un étrange secret. Elle cachait dans sa bouche une longue langue fourchue, et son dos était couvert d'écailles scintillantes, en forme de diamant. Comme ces attributs de serpent étaient apparus pendant son adolescence, et comme elle ouvrait rarement la bouche, elle avait réussi à cacher son secret à tout le monde, sauf à sa femme de chambre. Même le roi son père n'était pas dans la confidence.

La princesse menait une vie solitaire et ne parlait à personne, de peur que l'on aperçoive sa langue fourchue. Mais ses véritables problèmes commencèrent lorsque le roi décida de la marier au prince de Galatia[1]. La beauté de la jeune femme était si renommée que le prince accepta

---

1. Ici, les noms de pays sont fictionnels, mais dans certaines versions régionales du conte, on les a remplacés par des noms de lieux réels. Dans l'une d'elles, Frankenbourg est l'Espagne, dans une autre, Galatia est la Perse ; quoi qu'il en soit, l'histoire reste la même.

de l'épouser sans l'avoir jamais vue. Ils devaient se rencontrer pour la première fois le jour de leur mariage, qui approchait à grands pas. Cette union était destinée à renforcer les relations entre le Frankenbourg et la Galatia. Elle assurerait la prospérité des deux régions, qui comptaient conclure un pacte de défense contre leur ennemi commun, la principauté guerrière de Frisia. La princesse savait que ce mariage était indispensable, mais elle craignait que le prince ne la repousse quand il découvrirait son secret.

— Tranquillisez-vous, lui conseilla sa femme de chambre. Il verra votre magnifique visage, apprendra à connaître votre cœur, et pardonnera le reste.

— J'espère que tu as raison, répondit la princesse. Sans quoi, tous nos espoirs de paix s'évanouiront, et je finirai vieille fille !

Le royaume tout entier se prépara aux noces royales. Les murs du palais furent tendus de soieries dorées, et des chefs cuisiniers de toute la contrée vinrent préparer un somptueux repas. Finalement, le prince arriva avec sa suite. Il descendit de son carrosse et salua chaleureusement le roi.

— Où est ma promise ? s'enquit-il.

On le fit entrer dans la salle de réception où la jeune femme l'attendait.

— Princesse ! s'écria-t-il. Vous êtes encore plus belle qu'on le dit !

La princesse sourit et s'inclina, mais resta silencieuse.

LA PRINCESSE À LA LANGUE FOURCHUE

— Que se passe-t-il ? demanda le prince. Est-ce ma beauté qui vous laisse sans voix ?

La princesse rougit et secoua la tête.

— Ah, je vois, fit le prince. Vous ne me trouvez pas séduisant...

Inquiète, la princesse secoua de nouveau la tête. Ce n'était pas du tout ce qu'elle avait voulu dire ! Mais cela ne fit qu'aggraver les choses.

— Parle donc ! Ce n'est pas le moment d'être muette ! siffla le roi.

— Pardonnez-moi, sire, intervint la femme de chambre, mais peut-être que votre fille préférerait s'entretenir avec le prince en privé. Pour la première fois...

La princesse hocha la tête, reconnaissante.

— Ce n'est pas très convenable, grommela le roi. Enfin, vu les circonstances...

Ses gardes poussèrent les deux jeunes gens dans une pièce, où ils se retrouvèrent seuls.

— Alors ? demanda le prince. Que pensez-vous de moi ?

— Vous êtes très beau, répondit la princesse en couvrant sa bouche d'une main.

— Pourquoi cachez-vous votre bouche quand vous parlez ?

— C'est mon habitude. Je suis désolée si vous trouvez cela étrange...

— Vous êtes étrange, en effet. Mais je devrais pouvoir m'y habituer. Vous êtes si belle !

Le cœur de la princesse fit un bond dans sa poitrine, mais sombra presque aussitôt. Le prince finirait forcément par découvrir son secret ! Ce n'était qu'une question de temps. Elle aurait pu attendre qu'ils soient mariés pour le lui révéler, mais ç'aurait été malhonnête.

— J'ai quelque chose à vous avouer…, commença-t-elle, la bouche toujours cachée derrière sa main. J'ai peur que vous ne vouliez plus m'épouser quand je vous l'aurai dit.

— Ne racontez pas de bêtises ! répliqua le prince. De quoi s'agit-il ? J'espère que nous ne sommes pas cousins…

— Non, ce n'est pas ça, le rassura-t-elle.

— Dans ce cas, rien ne pourra me dissuader de vous épouser ! affirma le prince, très sûr de lui.

— J'espère que vous êtes un homme de parole, soupira la princesse.

Sur ces mots, elle écarta sa main et tira sa langue fourchue. Le prince eut un mouvement de recul.

— Mes aïeux ! s'écria-t-il.

— Attendez, ce n'est pas tout…

La princesse sortit un bras de sa robe et révéla les écailles qui couvraient son dos.

Lorsqu'il fut remis de sa surprise, le prince se fâcha :

— Jamais je ne pourrai épouser un monstre tel que vous ! Quand je pense que vous avez essayé de me piéger, vous et votre père…

— Mon père n'y est pour rien ! protesta-t-elle. Il n'est pas au courant !

LA PRINCESSE À LA LANGUE FOURCHUE

— Eh bien, il ne va pas tarder à l'apprendre, fulmina le prince. C'est un scandale !

Il quitta la pièce en coup de vent pour aller prévenir le roi. La princesse s'élança derrière lui, le suppliant de se taire.

Au même moment, cinq assassins frisiens, déguisés en chefs pâtissiers, sortirent des poignards dissimulés dans leurs gâteaux et se précipitèrent vers les appartements du monarque. Ils défoncèrent la porte au moment où le prince allait révéler au roi le secret de sa fille. Pendant que les assassins tuaient ses gardes, le roi poltron plongea dans une armoire et se cacha sous un tas de vêtements.

Les Frisiens se ruèrent sur les jeunes gens.

— Ne me tuez pas ! cria le prince. Je ne suis qu'un émissaire d'un pays étranger.

— Bien tenté ! répondit le chef des assassins. Je te reconnais : tu es le prince de Galatia. Tu es venu pour épouser la princesse et former une alliance contre nous. Prépare-toi à mourir !

Le prince courut vers la fenêtre et tenta désespérément de l'ouvrir, laissant la princesse affronter seule le danger. Tandis que les Frisiens l'encerclaient avec leurs poignards sanglants, la jeune femme sentit sa langue enfler dans sa bouche.

Lorsque les assassins se jetèrent sur elle, elle leur cracha à chacun un jet de venin empoisonné en plein visage. Quatre d'entre eux s'effondrèrent au sol en se tordant de douleur, avant de rendre l'âme. Le cinquième, terrifié, quitta la pièce en courant et réussit à s'échapper.

La princesse ignorait qu'elle était capable de faire une chose pareille. En même temps, c'était la première fois qu'on menaçait sa vie. Le prince, qui avait déjà enjambé l'appui de fenêtre, revint au centre de la pièce. Il regarda avec stupéfaction les assassins morts, puis la jeune femme.

— Acceptez-vous de m'épouser, maintenant? lui demanda-t-elle.

— Certainement pas! répondit le prince. Mais en gage de reconnaissance, je ne donnerai pas la véritable raison de mon refus à votre père.

Il ramassa un poignard abandonné par terre et se mit à transpercer les cadavres des assassins, les uns après les autres.

— Que faites-vous? s'étonna la princesse.

Avant qu'il ait pu lui répondre, le roi sortit de son armoire.

— Ils sont morts? demanda-t-il d'une voix chevrotante.

— Oui, Votre Majesté, le rassura le prince en brandissant le poignard. Je les ai tous tués!

La princesse fut choquée par ce mensonge, mais elle ne le dénonça pas.

— Magnifique! s'exclama le roi. Vous êtes le héros de Frankenbourg, mon garçon! Et le jour de votre mariage, en plus...

— Puisqu'on en parle, fit le prince, je suis au regret de vous dire qu'il n'y aura pas de mariage.

— Quoi ! s'écria le roi. Pourquoi donc ?

— Je viens d'apprendre que la princesse et moi étions cousins, improvisa le jeune homme. C'est dommage, n'est-ce pas ?

Sur ces mots, il sortit de la pièce sans se retourner. L'instant d'après, il rassemblait sa suite et partait dans son carrosse.

— C'est grotesque ! s'emporta le roi. Ce garçon n'est pas plus le cousin de ma fille que je ne suis l'oncle de cette chaise. Je ne laisserai pas ma famille se faire insulter de la sorte !

Il était tellement furieux qu'il parlait d'entrer en guerre contre la Galatia. La princesse ne pouvait pas le laisser commettre cette folie. Elle demanda audience à son père et lui confia le secret qu'elle dissimulait depuis si longtemps. Le roi renonça à ses projets de guerre, mais il était si fâché contre sa fille, et si humilié, qu'il l'enferma dans la cellule la plus froide et la plus humide de ses oubliettes.

— Non seulement tu es une menteuse et un monstre, cracha-t-il entre les barreaux, mais tu n'es même pas bonne à marier !

À l'entendre, c'était la pire des fautes.

— Mais, père, je suis toujours votre fille, n'est-ce pas ? l'implora la princesse.

— Plus maintenant ! rétorqua le roi, avant de lui tourner le dos.

CONTES DES PARTICULIERS

La jeune femme aurait pu utiliser son venin acide pour faire fondre la serrure de sa cellule et s'évader[2]. Elle y renonça, préférant attendre que son père retrouve ses esprits et lui pardonne. Des mois durant, elle se nourrit de gruau et dormit, transie de froid, sur un lit de pierre. Mais le roi ne vint pas. La femme de chambre de la princesse était la seule à lui rendre visite.

Un jour, celle-ci lui annonça qu'elle avait du nouveau.

— Mon père m'a-t-il pardonné ? demanda la princesse, pleine d'espoir.

— Hélas, non. Il a dit à tout le royaume que vous étiez morte. Vos funérailles auront lieu demain.

La princesse, le cœur brisé, s'évada du cachot le soir même. Elle quitta le palais, puis le royaume avec sa femme de chambre, laissant derrière elle sa vie d'antan. Les deux femmes voyagèrent incognito pendant des mois. Elles errèrent dans le pays, se chargeant des travaux domestiques qu'on voulait bien leur confier. La princesse se barbouillait le visage de terre pour ne pas être reconnue et n'ouvrait jamais la bouche, sauf pour s'entretenir avec sa femme de chambre, qui la faisait passer pour muette.

---

2. On trouvait autrefois un liquide extrêmement corrosif, en vente libre au marché noir des particuliers. Les flacons étaient enveloppés dans une peau de serpent, et leur contenu était assez puissant pour creuser des trous dans le métal. On l'appelait « bave de princesse », sans doute une allusion à ce conte. Suite à quelques accidents regrettables, dus à une mauvaise utilisation, les autorités particulières firent fermer l'usine qui le fabriquait. Aujourd'hui, les flacons de bave de princesse sont des articles extrêmement rares, que les collectionneurs s'arrachent.

LA PRINCESSE À LA LANGUE FOURCHUE

Un jour, elles entendirent parler d'un prince, dans le lointain royaume de Thrace. Son corps, disait-on, prenait parfois une forme si particulière que c'était devenu un scandale national.

— Je me demande si cette histoire est vraie, médita la princesse. Se pourrait-il que ce jeune homme soit comme moi ?

— Ça vaut la peine d'aller voir, affirma sa femme de chambre.

Elles se mirent aussitôt en route. Il leur fallut deux semaines pour traverser le Désert impitoyable à cheval, et deux autres pour franchir en bateau un océan vaste et profond. Quand elles atteignirent enfin le royaume de Thrace, leur peau était brûlée par le soleil et desséchée par le vent, et elles n'avaient presque plus un sou en poche.

— Je ne peux pas rencontrer le prince dans cette tenue, se lamenta la princesse.

Les deux femmes dépensèrent leurs dernières pièces aux bains publics. On les lava et on leur enduisit le corps d'huile parfumée. En sortant, la princesse était si belle que toutes les têtes se tournaient sur son passage.

— Je prouverai à mon père que je suis bonne à marier ! déclara-t-elle. Allons rencontrer ce jeune particulier.

Elles se rendirent au palais et demandèrent à voir le prince.

— C'est impossible, leur dit un garde. Le prince est mort.

La princesse se décomposa.

— Que s'est-il passé ? demanda sa femme de chambre.

— Il a attrapé une mystérieuse maladie qui l'a emporté pendant la nuit, répondit le garde. Tout cela a été très soudain.

— C'est exactement ce que votre père a raconté à votre sujet, chuchota la femme de chambre à la princesse.

Le soir même, les deux complices se glissèrent dans les oubliettes du palais. Dans la plus sombre des cellules, elles trouvèrent une limace géante, avec la tête d'un jeune homme assez séduisant.

— Êtes-vous le prince ? lui demanda la femme de chambre.

— C'est bien moi, répondit la repoussante créature. Quand je me sens rejeté, mon corps se transforme en cette masse flasque et gélatineuse. Ma mère a fini par s'en apercevoir, et elle m'a fait enfermer ici. Et maintenant, comme vous pouvez le voir, je me suis transformé en limace de la tête aux pieds, ou presque...

Le prince s'approcha en rampant des barreaux de sa cellule, laissant une traînée sombre sur le sol derrière lui.

— Je suis sûr qu'elle reviendra à la raison un de ces jours, et qu'elle me laissera sortir, affirma-t-il.

Les deux femmes échangèrent un regard embarrassé.

— On vous apporte une bonne et une mauvaise nouvelle, dit la femme de chambre. La mauvaise, c'est que votre mère a fait croire à tout le monde que vous étiez mort...

À ces mots, le prince se mit à gémir et à pleurer. Aussitôt, une paire d'antennes gélatineuses poussa sur son front. Sa tête était en train de se transformer, elle aussi.

— Attendez ! Il y a quand même une bonne nouvelle !
— Ah oui, j'avais oublié, fit le prince en reniflant.

Ses antennes cessèrent de grandir, et il implora la femme de chambre :

— Dites-moi, vite !
— Vous avez devant vous la princesse de Frankenbourg..., commença-t-elle.

L'intéressée alla se placer sous un puits de lumière. Alors, seulement, le prince put contempler sa merveilleuse beauté.

— Vous êtes une p-princesse ? bégaya-t-il, les yeux écarquillés.
— C'est exact, confirma la femme de chambre. Et elle est venue ici pour vous délivrer.
— Je n'arrive pas à le croire ! s'écria le prince, enchanté. Comment ?

Ses antennes achevèrent de se rétracter dans sa tête, tandis que des bras se détachaient de son torse. L'instant d'après, il redevenait humain.

— Comme ça ! dit la princesse.

Joignant le geste à la parole, elle cracha un torrent de venin acide dans la serrure de la porte. Le métal fondit en fumant.

Le prince recula, inquiet.

— Vous êtes *quoi* ?
— Je suis particulière, comme vous, répondit la princesse. Quand mon père a découvert mon secret, il m'a déshéritée et enfermée dans un cachot. Je sais exactement ce que vous ressentez !

Pendant qu'elle parlait, sa langue fourchue s'échappait de sa bouche par intermittence.

— Et cette langue, demanda le prince, elle fait partie de votre... particularité ?

— Oui, confirma la princesse. Et ça aussi...

Elle sortit un bras de sa robe et lui montra les écailles dans son dos.

— Je vois, fit le prince d'une voix chagrinée. J'aurais dû me douter que c'était trop beau pour être vrai...

Une larme coula sur sa joue et ses bras rejoignirent son torse dans une masse visqueuse.

— Pourquoi êtes-vous aussi triste ? s'étonna la princesse. Nous sommes faits l'un pour l'autre ! Ensemble, on prouvera à nos parents qu'on est bons à marier, quoi qu'ils en pensent. Nous unirons nos royaumes, et un jour, peut-être, nous retrouverons notre place légitime sur le trône !

— Vous êtes folle ! cria le prince. Comment pourrais-je vous aimer ? Vous êtes un monstre répugnant !

La princesse en resta sans voix.

— Oh là là ! C'est tellement humiliant ! gémit le prince entre deux sanglots.

Une antenne jaillit de son front, son visage disparut, et il devint limace des pieds à la tête. Une créature toute flasque qui tentait vainement de pleurer sans bouche.

La princesse et sa femme de chambre, prises de nausées, se détournèrent et laissèrent l'ingrat moisir dans son cachot.

LA PRINCESSE À LA LANGUE FOURCHUE

— Bon, j'en ai soupé des princes, particuliers ou pas ! déclara la princesse.

Les deux femmes retraversèrent le vaste océan et le Désert impitoyable pour regagner le royaume de Frankenbourg. Elles le trouvèrent en guerre contre la Galatia et la Frisia, qui s'étaient liguées pour l'attaquer. Le roi fut renversé et jeté en prison. À sa place, les Frisiens installèrent un duc. Comme ce dernier était célibataire, une fois que son règne fut établi et le pays pacifié, il se mit en quête d'une fiancée. Son émissaire découvrit la princesse, qui travaillait dans une auberge.

— Toi, là ! cria-t-il, en s'approchant de la table qu'elle était en train de débarrasser. Le duc cherche une épouse...

— Que la chance soit avec lui ! Mais ça ne m'intéresse pas.

— On ne te demande pas ton avis, rétorqua l'émissaire. Suis-moi immédiatement !

— Je ne suis pas de sang royal, mentit la princesse.

— C'est sans importance. Le duc m'a chargé de trouver la plus belle femme du royaume, et je crois bien que c'est toi.

La princesse commençait à considérer sa beauté comme une malédiction. On lui fit enfiler une robe somptueuse et on la conduisit devant le duc frisien. Quand elle le vit, un frisson glacial la parcourut. C'était l'un des assassins qui avaient tenté de la tuer ! Le seul qui avait réussi à s'enfuir...

— Je ne t'ai pas déjà vue quelque part ? lui demanda-t-il. Ton visage m'est familier.

La princesse était fatiguée de mentir. Elle décida de dire la vérité :

— Vous avez essayé de tuer mon père, autrefois. À l'époque, j'étais la princesse de Frankenbourg.

— Je te croyais morte, s'étonna le duc.

— C'est un mensonge inventé par mon père.

— Alors, je ne suis pas le seul à avoir essayé de te tuer, conclut-il en souriant.

— Je suppose que non…

— J'aime ton honnêteté et ton courage, reprit le duc. Ce sont des qualités que nous admirons, nous, les Frisiens. Je ne peux pas t'épouser, car tu risquerais de m'assassiner pendant mon sommeil, mais si tu l'acceptes, j'aimerais faire de toi ma conseillère. Ton point de vue me serait très précieux…

La princesse accepta. Elle s'installa au palais avec sa femme de chambre, et occupa un poste important dans le gouvernement du duc. Elle ne se couvrit plus jamais la bouche pour parler, et ne fut plus jamais obligée de cacher qui elle était.

Un beau jour, elle rendit visite à son père aux oubliettes. L'ancien roi portait des vêtements grossiers et crasseux ; il avait perdu beaucoup de sa majesté.

— Sors d'ici ! gronda-t-il. Tu es une traîtresse, et je n'ai rien à te dire.

— Moi, j'ai quelque chose à te dire, insista la princesse. Même si je suis toujours en colère contre toi, je veux que tu saches que je t'ai pardonné. Je comprends maintenant que tu n'as pas agi comme un misérable, mais comme un homme banal…

— Merci pour ce merveilleux discours, répliqua le roi, sarcastique. Va-t'en !

— Comme tu voudras, s'inclina la princesse.

Elle sortit de la cellule, mais s'arrêta sur le seuil.

— Au fait, ils ont prévu de te pendre demain matin…

À cette nouvelle, le roi se recroquevilla sur lui-même et se mit à sangloter. C'était un spectacle si pathétique que la princesse fut prise de pitié. Malgré tout ce que son père lui avait fait, elle sentit son amertume se dissiper. Elle utilisa son venin pour faire fondre la serrure de sa cellule et le fit sortir en secret du palais, déguisé en mendiant. Le roi fila sans la remercier, sans même se retourner. Pourtant, lorsqu'il eut disparu, la princesse fut prise d'une joie soudaine et intense, car son acte généreux les avait libérés tous les deux.

La première Ombrune

---·•·---

Note de l'éditeur

Si nous sommes certains que la plupart des personnages de ces contes ont vraiment existé, il est difficile, en revanche, de savoir s'ils étaient bien tels qu'on les décrit dans ces pages.
Les contes des particuliers ont été transmis oralement pendant plusieurs siècles avant d'être couchés par écrit, avec toutes les transformations que cela suppose. Chaque conteur embellissait à loisir les histoires dont il s'emparait. Aujourd'hui, ces récits tiennent davantage de la légende que de l'histoire vraie, et leur valeur repose surtout sur les leçons de morale qu'ils véhiculent. L'histoire de la première ombrune de Grande-Bretagne fait exception. C'est l'un des rares contes qui évoquent des faits historiques incontestables, attestés par de nombreux documents et confirmés par plusieurs sources contemporaines, dont l'ombrune en personne. C'est pourquoi je considère ce récit comme le plus important de tous : c'est à la fois une très belle histoire, une parabole morale, et une chronique de la vie particulière.

M. N.

La première Ombrune

La première Ombrune n'était pas une femme capable de se transformer en oiseau, mais un oiseau qui avait le pouvoir de se changer en femme. Elle était née dans une famille d'autours des palombes qui n'appréciaient guère de voir l'une des leurs devenir une créature terrestre aux moments les plus imprévisibles. Ses brusques changements de taille les éjectaient de leur nid, et ses étranges gazouillis faisaient fuir leurs proies. Leur père l'avait prénommée Ombrune – un mot qui signifie « étrange » dans le langage des faucons –, aussi porta-t-elle dès son plus jeune âge le fardeau de sa différence.

Les autours des palombes sont des oiseaux fiers, qui défendent âprement leur territoire et raffolent des combats sanglants. En cela, Ombrune n'était pas différente des autres. Quand une guerre éclata entre sa famille et une bande de busards des roseaux, elle combattit avec courage, bien décidée à prouver à ses frères qu'elle était leur égale.

Leurs ennemis, plus gros qu'eux, étaient aussi plus nombreux. Malgré ce rapport de forces inégal, et alors qu'il voyait ses enfants succomber les uns après les autres, le père d'Ombrine refusa d'admettre la défaite. À la fin, les autours parvinrent à repousser leurs envahisseurs, mais Ombrine était blessée, et tous ses frères et sœurs étaient morts. Perplexe, elle demanda à son père pourquoi ils n'avaient pas simplement fui, et cherché un autre lieu où s'installer.

— Il fallait défendre l'honneur de notre famille, répondit-il.

— Mais notre famille n'existe plus, objecta Ombrine. Où est l'honneur, là-dedans ?

— Je me doutais bien qu'une créature comme toi ne pourrait pas comprendre, répliqua-t-il.

Sur ces mots, il s'élança dans les airs et partit chasser.

Ombrine ne l'accompagna pas. Elle avait perdu le goût de la chasse, du sang et du combat. Pour un autour des palombes, c'était encore plus bizarre que de se changer en humain de temps à autre. « Peut-être que je n'aurais jamais dû être un faucon, songea-t-elle en planant vers le sol, où elle se posa sur des jambes humaines. Peut-être que je suis née dans le mauvais corps... »

Ombrine erra un long moment au hasard. Elle étudiait les habitations des hommes depuis la cime des arbres. Comme elle ne chassait plus, c'est la faim qui lui donna finalement le courage d'entrer dans un village et de chaparder quelques aliments : du maïs grillé qu'on avait distribué aux poules, des tartes mises à refroidir sur les appuis de fenêtre, des pots de soupe laissés sans surveillance. Elle les trouva fort à son goût.

CONTES DES PARTICULIERS

Elle apprit ensuite des rudiments du langage des humains, afin de pouvoir discuter avec eux, et découvrit qu'elle appréciait leur compagnie encore plus que leur nourriture. Elle aimait cette façon qu'ils avaient de rire, de chanter, et de se témoigner de l'amour. Elle choisit donc un village pour s'y installer.

Un vieil homme la laissa habiter dans sa grange et son épouse lui proposa de lui apprendre à coudre, pour qu'elle ait un métier. Tout se passa à merveille, jusqu'au jour où le boulanger du village la vit se transformer en oiseau. Elle n'était pas encore habituée à dormir sous sa forme humaine et se changeait en faucon chaque soir pour aller se percher dans un arbre, et s'endormir la tête sous son aile. Les villageois, choqués, l'accusèrent de sorcellerie et la chassèrent avec des torches.

Déçue, mais pas découragée, Ombrine choisit un autre village. Cette fois, elle prit garde de ne laisser personne assister à sa transformation. Malgré ces précautions, les gens se méfiaient d'elle. Ils lui trouvaient une drôle d'allure – elle avait quand même été élevée par des faucons – et ne tardèrent pas à la chasser, eux aussi. Attristée, Ombrine se demanda si elle avait sa place quelque part dans ce monde.

Un matin, au bord du désespoir, elle s'allongea dans une clairière pour assister au lever du soleil. C'était un spectacle d'une telle beauté qu'il lui fit momentanément oublier son chagrin. Quand il s'acheva, elle souhaita de toutes ses forces le revoir. Aussitôt, le ciel s'assombrit et l'aube réapparut. Ombrine comprit alors que sa capacité à changer de forme n'était pas son seul talent. Elle pouvait aussi faire se répéter de courts instants. Elle s'amusa avec ce tour pendant plusieurs jours, se repassant le bond gracieux d'un cerf, ou le déclin du soleil au crépuscule, afin de pouvoir pleinement apprécier leur beauté. Cela la comblait de joie.

Elle se repassait en boucle la première chute de neige de l'hiver, quand une voix la fit sursauter.

— Excusez-moi... C'est vous qui faites ça ?

Ombrine pivota brusquement et découvrit un jeune homme vêtu d'une tunique verte et de chaussures en peau de poisson. C'était un drôle d'accoutrement, mais plus étrange encore, c'était qu'il portait sa tête sous un bras, détachée de son cou.

— Qu'est-il arrivé à votre tête ? lui demanda-t-elle.

— Oh, pardon ! s'exclama-t-il, confus, comme si elle lui avait indiqué que son pantalon était déboutonné.

Il se hâta de remettre sa tête en place et lui apprit qu'il se nommait Englebert. Comme Ombrine n'avait nulle part où aller, il l'invita à l'accompagner jusqu'à son campement. Ce n'étaient que quelques tentes misérables, et la vingtaine de personnes qui vivaient là étaient aussi étranges qu'Englebert. La plupart avaient été chassées de leur village, comme Ombrine. Ils l'accueillirent à bras ouverts, même après qu'elle leur eut montré comment elle se changeait en faucon.

À leur tour, ils lui firent une démonstration de leurs talents exceptionnels. Ombrine avait le sentiment de ne plus être seule au monde. «Peut-être que j'ai ma place quelque part, finalement», songea-t-elle.

Ces gens étaient, vous l'avez compris, les premiers particuliers de Grande-Bretagne. Mais ce qu'Ombrine ne savait pas, c'est qu'ils vivaient l'une des périodes les plus sombres de leur histoire. Le temps où les particuliers étaient acceptés – et parfois vénérés – par les gens ordinaires, et vivaient en harmonie avec eux était révolu. Depuis quelques années, les non-particuliers se méfiaient d'eux. À chaque fois qu'un drame se produisait, qui ne pouvait être expliqué par la science balbutiante de l'époque, les particuliers étaient pris comme boucs émissaires. Quand le village de Tetbury découvrit un matin tous ses moutons carbonisés, les villageois, ne pouvant imaginer que les pauvres bêtes avaient été foudroyées par un orage, accusèrent leurs voisins particuliers et les chassèrent. Quand les couturières de Stitch ne purent s'arrêter de rire pendant une semaine entière, les villageois ne soupçonnèrent pas l'étoffe de laine qu'ils venaient d'importer, infestée de mites porteuses de la grippe hilarante. Ils accusèrent de malveillance deux sœurs particulières, qu'ils pendirent sans autre forme de procès.

De pareilles injustices se multiplièrent dans tout le pays, obligeant les particuliers à quitter la société des normaux pour former des bandes comme celle qu'Ombrine venait de rejoindre. Ce n'était pas une utopie ; ils vivaient ensemble parce qu'ils ne pouvaient se fier à personne d'autre.

LA PREMIÈRE OMBRUNE

Le chef de cette communauté, nommé Tombs, était un géant à la barbe rousse affublé d'une voix fluette de rossignol. À cause de cette voix, les autres avaient du mal à le respecter. Lui, en revanche, se prenait extrêmement au sérieux, et ne se privait pas de rappeler qu'il siégeait au Conseil des Particuliers importants[1].

Ombrine, qui avait une véritable aversion pour les hommes fiers et orgueilleux, faisait son possible pour éviter Tombs. Elle préférait passer ses journées avec Englebert, son drôle d'ami à la tête détachable. Elle l'aidait à cultiver le potager et à ramasser du bois pour le feu. Grâce à lui, elle fit la connaissance des autres particuliers du campement. Tous se prirent instantanément d'amitié pour la jeune fille, qui les considéra bientôt comme une seconde famille. Elle leur parlait de sa vie d'oiseau et reproduisait certains moments en boucle pour les distraire. Elle répéta ainsi l'instant où Tombs avait trébuché sur un chien endormi jusqu'à ce que tout le village se torde de rire. En échange, ses nouveaux amis la régalaient avec des histoires hautes en couleurs du monde des particuliers.

---

1. Le Conseil des Particuliers importants, constitué exclusivement d'hommes, précéda pendant de nombreuses années le Conseil des Ombrunes. Il se composait d'une douzaine de braves conseillers, qui se rencontraient deux fois par an pour écrire et modifier les lois destinées aux particuliers. La plupart concernaient les résolutions des conflits (les duels étaient permis), les conditions dans lesquelles les particuliers étaient autorisés à utiliser leurs capacités en présence de gens normaux (quand ça leur chantait), et la myriade de punitions encourues en cas de transgression de ces lois (qui allaient de la simple remontrance au bannissement).

Ombrine ne se souvenait pas d'avoir été un jour aussi heureuse.

Hélas, la cruauté du monde se rappelait régulièrement aux habitants du campement. Il ne s'écoulait pas une semaine sans que des particuliers désespérés les rejoignent, fuyant la terreur et les persécutions. Tous avaient vécu en paix auprès des normaux, jusqu'à ce qu'un jour, accusés d'un crime absurde, ils soient chassés. Certains avaient frôlé la mort et se réjouissaient d'avoir la vie sauve, contrairement aux malheureuses sœurs du village de Stitch.

Les particuliers accueillaient chaleureusement les nouveaux venus, comme ils l'avaient fait pour Ombrine. Mais au bout d'un mois, le campement était passé d'une vingtaine à une cinquantaine de personnes. Il n'y avait pas assez de place ni de nourriture pour que les choses continuent longtemps ainsi, et un sombre pressentiment planait sur tous les esprits.

Un jour, un représentant du Conseil des Particuliers importants arriva au campement. Il avait la mine sombre, et discuta pendant des heures dans la tente de Tombs. Quand les deux hommes reparurent, ils rassemblèrent les gens et leur apprirent la mauvaise nouvelle : après avoir banni les particuliers de leurs villes et villages, les normaux avaient décidé de les chasser de tout l'Oddfordshire. Ils avaient rassemblé une armée de combattants qui envahirait bientôt le campement. La question, c'était fallait-il fuir ou résister ?

LA PREMIÈRE OMBRUNE

Les particuliers étaient partagés. Une jeune femme promena un regard autour d'elle.

— On ne va quand même pas risquer nos vies pour défendre cette colline et ces tentes misérables, dit-elle. Je propose de faire nos bagages et d'aller nous cacher dans la forêt.

— Je suis fatigué de fuir, déclara Tombs. Je suggère qu'on se batte. Il faut regagner notre dignité !

Le conseiller au visage sinistre hocha la tête.

— C'est la recommandation officielle du Conseil, signala-t-il.

— Mais nous ne sommes pas des soldats, objecta Englebert. On ne sait pas se battre.

— Les combattants sont peu nombreux et faiblement armés, dit Tombs. Ils nous prennent pour des lâches et sont persuadés qu'on va s'enfuir à la première démonstration de force. Ils nous sous-estiment.

— Il nous faudrait quand même des armes, intervint un autre homme. Des épées et des gourdins…

— Tu me surprends, Eustache, répondit Tombs. Je te croyais capable de mettre le visage d'un homme à l'envers rien qu'en tirant sur son nez.

— C'est vrai, admit l'intéressé, penaud.

— Et toi, Millicent Neary, je t'ai vue allumer des feux avec ton souffle. Imagine la terreur de ces normaux quand tu enflammeras leurs vêtements…

— Je vois ça d'ici ! s'écria Millicent. Oui, ce serait quelque chose de les affronter, pour changer.

Des murmures s'élevèrent de la foule.

— Oui, c'est sûr, ce serait quelque chose.
— Ils le méritent depuis longtemps.
— Vous avez entendu ce qu'ils ont fait à Titus Smith? Ils l'ont coupé en morceaux et donné à manger à ses cochons!
— Si on ne se défend pas aujourd'hui, ils n'arrêteront jamais.
— Justice pour Titus! Justice pour tous!

En quelques mots, les hommes du Conseil avaient plongé les particuliers dans une espèce de transe. Même Englebert, qui était d'un caractère si doux, voulait en découdre. Ombrine était incapable de les écouter plus longtemps. Elle quitta le village pour aller faire une longue promenade dans les bois. À son retour, au crépuscule, elle trouva Englebert devant son feu de bois. La colère du jeune homme s'était apaisée, mais il était toujours décidé à se battre.

— Pars avec moi, lui proposa-t-elle. On ira s'installer ailleurs.
— Où irait-on? Ils veulent nous chasser de l'Oddfordshire!
— Dans le Wontshire. Le Therefordshire. Le Peacewickshire. Préférerais-tu mourir ici ou vivre dans une autre contrée?
— Ils ne sont que quelques dizaines, protesta Englebert. De quoi aurait-on l'air si on fuyait devant une menace aussi ridicule?

Même si la victoire était quasi certaine, Ombrine ne voulait pas prendre part à ce combat.

LA PREMIÈRE OMBRUNE

— Je me moque de savoir de quoi on aurait l'air. Cette question ne mérite pas que l'on y sacrifie un seul cheveu, et encore moins notre vie.

— Alors, tu ne te battras pas ?

— J'ai déjà perdu une famille à la guerre. Je ne vais pas regarder la seconde se jeter dans la gueule du loup.

— Si tu pars, ils t'accuseront de trahison, la prévint Englebert. Tu ne pourras jamais revenir.

— Et toi, qu'en penses-tu ?

Le jeune homme regardait fixement le feu. Il ne trouvait pas ses mots. Jugeant son silence assez éloquent, Ombrine le quitta et retourna à sa tente. Alors qu'elle s'allongeait pour dormir, une grande tristesse s'empara d'elle. C'était probablement la dernière nuit qu'elle passait sous sa forme humaine.

La jeune femme partit aux premières lueurs de l'aube, alors que tout le monde dormait encore. Elle n'avait pas le courage de dire adieu à ses amis. Elle marcha jusqu'à la lisière du campement, puis se changea en faucon. En s'élevant dans les airs, elle se demanda si elle trouverait un jour un autre groupe d'humains ou d'oiseaux prêts à l'accueillir.

Elle volait depuis quelques minutes seulement, quand elle aperçut l'armée des normaux. Ce n'était pas une petite brigade de quelques dizaines d'hommes ! Ils étaient des centaines, armés jusqu'aux dents, et leurs armures recouvraient les collines d'un tapis scintillant.

Les particuliers allaient se faire massacrer !

CONTES DES PARTICULIERS

Ombrine fit aussitôt demi-tour pour les avertir. Elle trouva Tombs dans sa tente et lui confia ce qu'elle avait vu. Il ne parut pas surpris le moins du monde. Il le savait depuis le début !

— Pourquoi n'as-tu pas prévenu nos amis que les soldats étaient aussi nombreux ? lui demanda-t-elle. Tu leur as menti !

— Ils auraient été terrifiés. Ils ne se seraient pas comportés avec dignité.

— Ils auraient raison d'être terrifiés ! cria-t-elle. Ils auraient déjà dû s'enfuir, à l'heure qu'il est.

— Ça n'aurait servi à rien. Le roi a donné l'ordre de débarrasser toute la Grande-Bretagne des particuliers, des montagnes jusqu'à la mer. Ils finiraient toujours par nous débusquer.

— Pas si on quitte le pays.

— Quitter l'Angleterre ! s'étrangla-t-il. Mais nous sommes ici chez nous !

— Et cette contrée sera notre tombeau, répliqua Ombrine.

— C'est une question d'honneur, trancha Tombs. Mais je ne crois pas qu'un oiseau puisse comprendre...

— Je ne comprends que trop bien, répondit-elle.

Sur ces mots, elle quitta la tente pour aller prévenir ses amis. Hélas, c'était déjà trop tard. Un essaim de soldats apparaissait à l'horizon. Les normaux étaient aux portes du campement et les particuliers ne pouvaient même pas fuir, car l'ennemi surgissait de tous les côtés.

LA PREMIÈRE OMBRUNE

Ils se blottirent donc dans leurs tentes, terrifiés. La mort leur semblait inévitable. Ombrine aurait pu facilement changer de forme et se mettre en sécurité à la cime d'un arbre – à vrai dire, tous la pressaient de le faire –, mais elle ne pouvait se résoudre à les abandonner. On avait trompé ses amis, on leur avait menti. Dans ces conditions, leur sacrifice n'avait plus rien de volontaire. Si elle les avait quittés maintenant, ç'aurait été une trahison. Elle alla les embrasser à tour de rôle. Quand vint son tour, Englebert la serra très fort contre lui. Après l'avoir lâchée, il continua un long moment à la regarder.

— Qu'est-ce que tu fais ? lui demanda-t-elle.
— Je mémorise le visage de mon amie. Afin de me le rappeler, même dans la mort...

Un silence de plomb s'abattit sur le campement. Pendant quelque temps, on n'entendit plus que le fracas métallique des armures des soldats, qui avançaient inexorablement. Soudain, le soleil apparut derrière un nuage sombre, baignant le paysage d'une lumière irréelle. Ombrine trouva ce spectacle si magnifique qu'elle désira de tout son cœur le voir une dernière fois avant de mourir. Elle le fit se reproduire, et ses amis, fascinés, l'implorèrent de recommencer. À cette occasion, ils s'aperçurent que pendant les minutes qu'ils avaient passées à contempler le soleil, l'armée des normaux n'avait pas gagné de terrain. À chaque répétition, leurs ennemis disparaissaient pour réapparaître quelques centaines de mètres plus loin.

CONTES DES PARTICULIERS

Ombrine comprit alors que ces boucles temporelles qu'elle avait le pouvoir de fabriquer possédaient une propriété insoupçonnée. Une propriété qui allait changer pour toujours l'existence des particuliers, même si elle l'ignorait encore.

Elle avait créé pour ses amis un lieu sûr, une bulle isolée dans le temps. Les particuliers regardaient avec stupéfaction l'armée des normaux avancer vers eux, puis disparaître, et ainsi de suite, toutes les trois minutes.

— Combien de temps tu peux faire ça? l'interrogea Englebert.

— Je ne sais pas, avoua-t-elle. Je n'ai jamais dépassé quelques répétitions. Assez longtemps, je pense...

Tombs sortit de sa tente en coup de vent, furieux et perplexe.

— Qu'est-ce que tu fabriques? cria-t-il à Ombrine. Arrête ça tout de suite!

— Pourquoi? demanda-t-elle. Je nous sauve la vie!

— Tu ne fais que retarder l'inévitable, répondit Tombs. Au nom du Conseil, je t'ordonne de cesser immédiatement!

— Au diable toi et ton Conseil! répliqua Millicent Neary. Vous n'êtes qu'un ramassis de menteurs!

Tombs déclamait la liste des punitions auxquelles s'exposaient les rebelles, quand Eustache Corncrake s'avança vers lui et lui tira sur le nez. Le visage de Tombs se retourna, et l'infortuné chef s'enfuit en jurant, la figure toute rose et molle.

LA PREMIÈRE OMBRUNE

Pendant qu'Ombrine s'appliquait à renouveler sa boucle, les particuliers se relayaient autour d'elle pour l'encourager. Ils s'inquiétaient en silence à l'idée qu'elle ne puisse pas la maintenir éternellement, et la jeune femme partageait leurs angoisses. Comme elle devait refaire la boucle toutes les trois minutes, elle ne pouvait pas dormir. Mais inévitablement, le moment viendrait où son corps l'obligerait à prendre du repos. Alors, l'armée qui se profilait dans le lointain déferlerait sur eux et les massacrerait.

Au bout de deux jours et une nuit, comme Ombrine craignait de ne plus pouvoir lutter, Englebert vint s'asseoir près d'elle. Chaque fois qu'elle fermait les paupières, il lui donnait un petit coup de coude. Après trois jours et deux nuits, quand Englebert lui-même commença à s'assoupir, Eustache Corncrake s'installa à côté de lui et lui donna lui aussi des coups de coude. Quand Eustache fut sur le point de perdre la bataille contre le sommeil, Millicent Neary se porta volontaire pour lui verser de l'eau sur le visage chaque fois qu'elle verrait ses yeux papillonner. C'est ainsi que bientôt, tout le campement forma une longue chaîne pour aider Englebert à maintenir Ombrine éveillée.

Quatre jours et trois nuits s'étaient écoulés, et la jeune femme n'avait cessé de renouveler sa boucle. Cependant, la fatigue lui donnait des hallucinations. À un moment, elle crut voir ses frères morts décrire des cercles au-dessus du campement et lui crier des choses incompréhensibles :

— Encore !
— Une autre !
— Encore ! Encore !
— Boucle la boucle pour doubler sa peau !

Ombrine se frotta les yeux et but quelques gouttes de l'eau que Millicent Neary faisait couler sur Eustache Corncrake. Quand elle releva les yeux, les oiseaux fantômes avaient disparu, mais leurs paroles résonnaient toujours dans sa tête. La jeune femme se demanda si ses frères avaient voulu lui donner un conseil, ou si c'était son propre instinct qui se réveillait.

— Encore, encore !

Une réponse lui parvint le cinquième jour. Ombrine n'était pas sûre que ce soit la bonne, mais elle était absolument certaine, en revanche, qu'elle ne tiendrait pas un jour de plus. Tous les coups de coude du monde ne pourraient plus l'empêcher de dormir.

Elle venait de refaire sa boucle, quand, presque instantanément, elle en fit une seconde – à l'intérieur de la première.

Le résultat fut immédiat et assez étrange. Le paysage qui l'entourait – le soleil, le nuage, l'armée dans le lointain – parut se dédoubler, comme si sa vision était devenue floue. Elle peina à refaire le point, et alors, tout était un peu plus vieux qu'avant. Le soleil était mieux caché derrière son nuage et l'armée, plus éloignée. Cette fois, l'astre mit six minutes à paraître, au lieu de trois.

Ombrine fit à nouveau une double boucle, qui dura douze minutes. En répétant l'opération, elle en obtint une nouvelle, de vingt-quatre minutes. Arrivée à une heure, elle s'accorda une petite sieste. À son réveil, elle recommença à doubler ses boucles. Elle avait l'impression de remplir une outre d'eau : la paroi de la boucle s'étirait pour contenir tout ce temps supplémentaire, jusqu'à ce que, tendue comme une peau de tambour, elle menace de se rompre.

La boucle d'Ombrine durait à présent vingt-quatre heures et débutait la veille au matin, bien avant qu'une armée n'apparaisse à l'horizon.

Ses amis particuliers étaient si impressionnés, si reconnaissants qu'ils voulurent l'appeler Majesté. Elle s'y opposa vigoureusement. Elle se réjouissait d'avoir créé un lieu sûr – un nid – pour ses amis, mais refusait d'en tirer la moindre gloire.

Bien que désormais à l'abri des normaux, les particuliers avaient encore de gros problèmes à régler. L'armée qui avait failli les anéantir continuait à terroriser leurs semblables dans tout le pays. Ayant appris l'existence d'une boucle temporelle dans l'Oddfordshire, les réfugiés arrivaient en masse[2].

---

2. Bien que ce conte ne les mentionne pas, car elles sont trop nombreuses pour être citées, on fit à cette époque d'importantes découvertes sur le comportement et la fonction des boucles. Elles concernaient notamment l'arrêt du vieillissement, les modalités d'accès des boucles aux non-particuliers, la double sortie d'une boucle : dans le passé et le présent, etc. Toutes ces avancées font qu'Ombrine, en plus d'être la première Ombrune de Grande-Bretagne, est aussi une véritable pionnière dans la science des boucles. Pour autant, on ne saurait négliger les contributions de

CONTES DES PARTICULIERS

En quelques semaines, le nombre des habitants du campement passa de cinquante personnes à plus de cent. On comptait parmi eux plusieurs membres du Conseil des Particuliers importants (y compris Tombs, dont le visage s'était remis à l'endroit). Ces derniers ne militaient plus pour la fermeture de la boucle, mais ils tentèrent de rétablir leur autorité en exigeant que l'on interdise son accès aux nouveaux venus. Leurs efforts furent vains. Tout le monde consultait Ombrine – c'était sa boucle, après tout –, et la jeune femme ne voulait pas qu'on refuse des réfugiés, même si le campement était au bord de l'explosion.

Les conseillers se mirent en colère et menacèrent de distribuer des punitions. Les gens se fâchèrent à leur tour. Ils accusèrent le Conseil de leur avoir menti pour les inciter à entrer en guerre. Les conseillers, avec une mauvaise foi évidente, affirmèrent que Tombs avait agi seul et qu'ils n'avaient jamais cautionné son mensonge. Puis ils accusèrent Ombrine d'usurper leur autorité, et parlèrent de la bannir dans le Désert impitoyable. Les autres s'élevèrent tous comme un seul homme pour la défendre. Ils balancèrent de la boue – et peut-être des excréments – sur les conseillers, avant de les mettre à la porte[3].

---

son ami Englebert. Celui-ci possédait, dans sa tête amovible, un esprit scientifique affûté, et sans ses notes détaillées, la plupart des découvertes d'Ombrine auraient sombré dans l'oubli.
3. Cette révolte populaire marqua le début du règne matriarcal des ombrunes sur le monde des particuliers. Cependant, la rupture fut progressive. Le Conseil et ses adeptes s'accrochèrent au pouvoir, et organisèrent une série de coups d'État pendant les années qui suivirent. Mais c'est une autre histoire...

LA PREMIÈRE OMBRUNE

Peu après, les particuliers demandèrent à Ombrine de devenir leur chef. En plus de renouveler quotidiennement la boucle, elle devait trancher les disputes, organiser des votes pour décider quelles règles garder — parmi les innombrables lois édictées par le Conseil —, puis sanctionner ceux qui ne les respectaient pas. Elle s'habitua rapidement à son nouveau rôle, mais elle s'étonnait toujours d'avoir été choisie. De tous les particuliers de la boucle, c'était la plus jeune et la moins expérimentée. Elle n'était humaine à plein temps que depuis six mois ! Ses camarades, quant à eux, voyaient son inexpérience comme un avantage. Elle était impartiale, neutre et juste, et possédait une grande sagesse, qui semblait lui venir du monde des oiseaux plus que de celui des humains.

Malgré ses qualités, Ombrine était incapable de résoudre leur plus gros problème : comment une centaine de particuliers allaient-ils survivre sur un terrain d'à peine cent mètres de côté ? Une fois établie, une boucle pouvait être modifiée pour contenir davantage de temps, mais pas plus d'espace. Or, Ombrine n'avait enveloppé que la vingtaine de tentes de leur petit campement. Ils n'avaient guère de nourriture, et même si leurs provisions se reconstituaient chaque jour, elles ne suffisaient pas à les nourrir tous.

À l'extérieur de la boucle, l'hiver était rigoureux, et le gibier aussi rare que les racines comestibles. Les particuliers avaient plus de chances de tomber sur une bande de normaux que de trouver un repas. Ces derniers, qui avaient vu le campement disparaître sous leur nez, étaient obsédés par la traque des particuliers.

Ombrine évoqua ce problème un soir, devant un feu de camp :

— Que faire ? Si on reste ici, on mourra de faim ; si on part, ils nous tueront.

Englebert avait retiré sa tête et l'avait posée sur ses genoux pour pouvoir se gratter le crâne à son aise. C'était le signe qu'il réfléchissait intensément.

— Tu ne pourrais pas créer une boucle plus grande, dans un endroit où la nourriture ne manque pas ? lui demanda-t-il. On déménagerait tous ensemble, en prenant garde de ne pas nous faire repérer...

— Après le dégel, peut-être. Si je faisais une autre boucle en ce moment, on risquerait d'y mourir de froid.

— Alors, prenons notre mal en patience en attendant le printemps, conclut-il.

— Et ensuite ? D'autres particuliers viendront chercher asile dans cette nouvelle boucle, et nous serons de nouveau à l'étroit. Non, ce n'est pas la solution.

Englebert soupira et se gratta la tête.

— Si seulement tu pouvais te dédoubler...

Ombrine eut une drôle d'expression.

— Qu'est-ce que tu viens de dire ?

— Si tu te dédoublais, répéta-t-il, tu pourrais entretenir plusieurs boucles, et on aurait davantage de place. Ce qui m'inquiète, c'est qu'on soit aussi nombreux au même endroit. Des bagarres finiront par éclater. Et ce n'est pas tout : s'il arrivait malheur à cette boucle — que le ciel nous en préserve — la population des particuliers de Grande-Bretagne serait décimée.

Ombrine était assise en face d'Englebert, mais elle ne le regardait pas. Ses yeux se perdaient dans le vague.

— Qu'est-ce qu'il y a? l'interrogea-t-il. Tu as trouvé un moyen de te dédoubler?

— Peut-être...

Le lendemain matin, Ombrine rassembla ses amis et leur apprit qu'elle allait s'absenter quelque temps. Elle eut beau leur promettre qu'elle reviendrait refaire la boucle, les particuliers, paniqués, la supplièrent de rester. La jeune femme insista, affirmant que cette excursion était indispensable à leur survie.

Elle laissa Englebert aux commandes, prit sa forme d'oiseau, et quitta la boucle pour la première fois depuis qu'elle l'avait créée. En survolant les forêts glacées de l'Oddfordshire, elle posa la même question à tous les oiseaux qu'elle rencontrait :

— Connaissez-vous un oiseau capable de se transformer en être humain?

Ombrine vola tout le jour et une partie de la nuit. Hélas, la réponse était toujours négative. Elle rentra au petit matin, fatiguée, découragée, mais refusant de s'avouer vaincue. Elle restaura la boucle, éluda les questions d'Englebert, et repartit sans prendre le temps de se reposer.

Elle chercha sans relâche, jusqu'à ce que ses ailes et ses yeux lui fassent mal. « Je ne suis quand même pas la seule créature de mon espèce », songeait-elle.

Après une nouvelle journée infructueuse, Ombrine était presque convaincue d'être unique au monde, et cette pensée la désespérait. Elle se sentait affreusement seule.

Au coucher du soleil, elle allait se résoudre à rebrousser chemin, quand elle aperçut, dans une clairière, une volée de crécerelles qui tourbillonnait autour d'une toute jeune femme. En la voyant, les oiseaux s'éparpillèrent. La jeune femme aussi s'était volatilisée. Où avait-elle pu filer aussi vite ? Était-il possible qu'elle se soit changée en crécerelle pour s'envoler avec les autres ?

Ombrine prit les oiseaux en chasse. Pendant une heure, elle tenta de les rattraper, sans succès. Les crécerelles, qui sont la proie naturelle des faucons, étaient terrorisées.

La nuit tombait. Ombrine regagna sa boucle, la refit, engloutit cinq grains de maïs grillé et deux bols de soupe à l'oignon – voler toute la journée lui avait donné faim –, et dormit quelques heures. Dès le lendemain matin, elle retourna dans le bois des crécerelles. Cette fois, elle s'approcha de leur clairière à pied, sous sa forme humaine. En la voyant, les oiseaux allèrent se percher sur les arbres alentour et l'observèrent. Ils étaient prudents, mais pas vraiment effrayés. Ombrine prit la parole dans le langage des crécerelles, dont elle connaissait quelques rudiments.

LA PREMIÈRE OMBRUNE

— L'une de vous n'est pas comme les autres, et c'est à elle que je m'adresse, commença-t-elle. Tu es à la fois un oiseau et un être humain. Je suis comme toi, et j'aimerais beaucoup te parler...

La vue d'une jeune femme parlant leur langage causa une certaine agitation chez les oiseaux. Ombrine entendit un battement d'ailes, et peu après, une adolescente sortit de derrière un tronc d'arbre. Elle avait la peau brune et veloutée, et des cheveux coupés court. Sa silhouette longue et fine rappelait celle d'un oiseau. Un vêtement de fourrure et de cuir la protégeait du froid.

— Est-ce que tu me comprends ? lui demanda Ombrine, en anglais.

La jeune femme hocha la tête avec hésitation. « Un peu », semblait-elle dire.

— Parles-tu un langage humain ?

— *Si, un poco.*

Ombrine ne connaissait pas ces mots. Peut-être que la jeune femme avait appris la langue humaine d'un autre pays...

— Je m'appelle Ombrine, dit-elle en se montrant du doigt. Et toi ?

L'adolescente s'éclaircit la gorge et émit un cri puissant de crécerelle.

— Bien... Je crois que je vais t'appeler Miss Crécerelle pour l'instant, décida Ombrine. J'ai une importante question à te poser : as-tu déjà fait répéter un évènement ?

Elle dessina un grand cercle dans l'air du bout du doigt, espérant que la jeune femme comprendrait. Cette dernière s'avança de quelques pas, les yeux écarquillés. Au même instant, un amas de neige tomba d'une branche. Avec un joli geste du bras, Miss Crécerelle le fit disparaître du sol et tomber une seconde fois de l'arbre.

— Oui ! s'écria Ombrine. Toi aussi, tu en es capable !

Elle agita le bras et fit retomber la neige. Miss Crécerelle en resta bouche bée.

L'instant d'après, elles couraient l'une vers l'autre en riant. Elles se serrèrent les mains, crièrent, s'étreignirent, et bavardèrent joyeusement, chacune dans sa langue. Les oiseaux perchés dans les arbres jubilaient, eux aussi. Sentant qu'Ombrine était une amie, ils quittèrent leurs branches et se mirent à voleter autour des deux femmes en pépiant d'excitation.

Le soulagement d'Ombrine était indescriptible. Elle n'était plus seule. Il en existait d'autres comme elle, qui possédaient son talent. Grâce à cette découverte, peut-être que tous les particuliers pourraient un jour vivre en lieu sûr. Elle n'avait qu'une vague idée de la forme que prendrait leur société, mais elle devinait que sa rencontre avec Miss Crécerelle était un moment important. Elles discutèrent pendant presque une heure, et à la fin, Miss Crécerelle accepta de suivre Ombrine dans sa boucle.

Le reste, comme on dit, appartient à l'histoire. Miss Crécerelle s'installa avec les particuliers. Ombrine lui enseigna tout ce qu'elle savait, et Miss Crécerelle put assurer elle-même le renouvellement de leur

LA PREMIÈRE OMBRUNE

boucle. Ombrine se lança alors dans des expéditions plus longues, afin de trouver d'autres femmes-oiseaux. Quand les nouvelles recrues — au nombre de cinq — furent formées, et que l'hiver céda la place au printemps, elles se répartirent leurs protégés et s'éparpillèrent dans tout le pays pour y établir cinq nouvelles boucles permanentes.

Celles-ci étaient considérées comme des abris sûrs, et la nouvelle se répandit rapidement. Les particuliers qui avaient survécu aux purges venaient de toute l'Angleterre pour y chercher refuge. Pour y être accueillis, ils devaient accepter de vivre sous les ordres des femmes-oiseaux. Ces dernières furent bientôt connues sous le nom d'Ombrines, en hommage à la première de leur espèce (au fil du temps, ce mot se transforma en « Ombrune »).

Les Ombrunes se réunissaient deux fois par an pour échanger des conseils de sagesse et s'aider mutuellement. Pendant de nombreuses années, c'est Ombrine elle-même qui présida leurs réunions, regardant avec fierté le réseau de boucles s'agrandir, et le nombre de particuliers qu'elles abritaient s'élever à plusieurs centaines. Elle vécut jusqu'à l'âge de cent cinquante-sept ans. Pendant toutes ces années, elle partagea une maison (mais jamais une chambre) avec Englebert, car ils s'aimaient d'une profonde amitié. C'est l'impitoyable peste noire, qui sévissait alors en Europe, qui l'emporta. Après sa mort, tous les particuliers qu'elle avait sauvés, ainsi que leurs enfants et leurs petits-enfants, risquèrent leur vie en territoire hostile pour transporter son corps jusqu'à l'arbre où elle était née (aux dires d'Englebert), et l'enterrer entre ses racines[4].

---

4. L'arbre d'Ombrine fut un lieu de pèlerinage pour les particuliers pendant de nombreuses années, mais son emplacement est oublié depuis longtemps. L'une de ses plumes a été conservée : une relique que l'on peut voir encore aujourd'hui au Panthéon des Notables, derrière une vitrine.

L'amie des fantômes

l était une fois une jeune femme particulière prénommée Hildy. Elle avait la peau brun foncé, une voix joyeuse et cristalline, et possédait la faculté de voir les fantômes. Ces derniers ne lui inspiraient aucune crainte. Sa sœur jumelle était morte noyée quand elles étaient enfants, et depuis, son fantôme était devenu sa meilleure amie. Inséparables, elles couraient dans les champs de coquelicots autour de leur maison, jouaient à saute-mouton dans le jardin, et veillaient tard en se racontant des histoires effrayantes de gens vivants. Le fantôme de sa sœur accompagnait même Hildy à l'école. Elle la divertissait en faisant des grimaces à la maîtresse que personne ne pouvait voir, et l'aidait pendant les contrôles en lui chuchotant à l'oreille les réponses des autres élèves. (Elle aurait pu crier, personne n'aurait rien entendu, mais il lui semblait plus prudent de parler à voix basse.)

Le jour du dix-huitième anniversaire de Hildy, sa sœur lui apprit qu'elle devait partir.

— Quand reviendras-tu ? lui demanda la jeune femme, désemparée.

Elles n'avaient jamais été séparées un seul jour depuis sa mort.

— Je dois m'absenter plusieurs années, répondit sa sœur. Tu vas horriblement me manquer.

— Tu me manqueras encore plus, gémit Hildy.

Sa sœur la serra dans ses bras, les yeux pleins de larmes.

— Essaie de te faire des amis, lui recommanda-t-elle, avant de disparaître.

Hildy essaya de suivre ce conseil. Seulement, elle n'avait jamais eu d'amis vivants. Elle accepta une invitation à une fête, où elle ne put se résoudre à parler à quiconque. Son père organisa un thé avec la fille d'une collègue de travail, mais Hildy était raide et mal à l'aise. Elle ne trouva qu'une question à lui poser : « As-tu déjà joué à saute-mouton ? »

— C'est un jeu pour les enfants, répondit la jeune femme, avant de prétexter une excuse pour partir de bonne heure.

Constatant qu'elle préférait la compagnie des esprits à celle des vivants, Hildy décida de se faire des amis fantômes. Mais comment s'y prendre ? Elle avait beau les repérer, ce n'était pas facile de leur parler. Car les fantômes, voyez-vous, sont un peu comme les chats : ils ne sont jamais là quand on voudrait profiter de leur compagnie, et viennent rarement quand on les appelle[1].

Hildy se rendit dans un cimetière. Elle patienta pendant des heures, mais aucun fantôme ne vint discuter avec elle.

---

1. C'est aussi le cas des oursinges, sauf si l'on a un lien particulier avec eux.

L'AMIE DES FANTÔMES

Ils la regardaient de loin, froids et méfiants. Elle songea qu'ils étaient peut-être enterrés depuis longtemps, et n'avaient pas appris à faire confiance aux vivants. Espérant que les morts plus récents seraient plus affables, elle se mit à assister aux funérailles d'inconnus. Si les parents ou les amis du défunt lui demandaient pourquoi elle était là, elle mentait, se faisant passer pour une lointaine connaissance. Puis elle se renseignait : le mort était-il quelqu'un de bien ? Aimait-il jouer à saute-mouton ? Les gens la trouvaient bizarre – ce n'était pas faux –, et les fantômes, sentant l'hostilité de leur famille, gardaient leurs distances.

C'est à peu près à cette époque que les parents de Hildy moururent. «Ils vont devenir mes amis fantômes», songea-t-elle, pleine d'espoir. Hélas, ils partirent immédiatement rejoindre sa sœur, abandonnant la jeune femme à sa solitude.

Hildy eut alors l'idée de vendre la propriété de ses parents pour acheter une maison hantée. Ainsi, elle aurait ses propres fantômes à domicile ! Elle se mit donc en quête d'une nouvelle demeure. L'agent immobilier la trouvait agaçante et étrange (ce n'était pas faux). Chaque fois qu'il lui montrait une maison, Hildy lui demandait s'il s'y était passé quelque chose de terrible : un meurtre ou un suicide, ou mieux, les deux. Elle traversait la vaste cuisine et le salon lumineux sans leur accorder un seul regard, pour aller explorer la cave et le grenier.

Hildy finit par acheter une maison convenablement hantée. Hélas, après avoir déménagé, elle s'aperçut que le fantôme n'était là que par intermittence. Il se contentait de passer de temps à autre pour faire cliqueter des chaînes et claquer des portes.

— Attends ! Reste encore un peu ! lui cria-t-elle un jour, alors qu'il partait.

— Désolé, mais j'ai d'autres lieux à hanter, répliqua-t-il avant de filer.

Hildy se sentait flouée. Elle ne voulait pas se contenter d'un fantôme à temps partiel. Elle s'était donné un mal fou pour dénicher cette demeure, mais visiblement, elle n'était pas assez hantée.

Elle se mit alors en quête de la maison la plus hantée du monde. Elle acheta des livres et fit des recherches sur le sujet. Elle demanda même conseil à son fantôme, le harcelant de questions pendant qu'il courait de pièce en pièce.

Il semblait toujours pressé, comme s'il craignait d'arriver en retard à un rendez-vous important, ce qui ne manqua pas de vexer Hildy.

Un jour, cependant, il daigna lâcher un mot : «Kwimbra». Hildy apprit qu'il s'agissait d'une ville au Portugal, dont le nom s'écrivait en réalité Coimbra. Elle découvrit sans difficulté la maison la plus hantée de cette fameuse ville, et échangea des lettres avec son propriétaire.

Le pauvre homme se plaignait d'être dérangé nuit et jour par des hurlements désincarnés et des bouteilles flottant au-dessus des tables. Elle lui avoua combien cela l'attirait.

Il la trouva étrange, mais songea aussi qu'elle écrivait joliment. Aussi, quand elle lui proposa d'acheter sa maison, il refusa le plus gentiment possible. C'était un héritage familial que l'on se transmettait depuis des générations, et cela devait continuer ainsi, lui confia-t-il. C'était son fardeau.

Hildy commençait à désespérer. Dans un moment particulièrement difficile, elle caressa même le projet de tuer quelqu'un pour obliger son fantôme à la hanter. Mais cela ne lui paraissait pas la façon idéale de nouer une amitié, et elle abandonna l'idée.

Finalement, elle décida que si elle ne pouvait pas acheter la maison la plus hantée du monde, elle la construirait elle-même. Elle choisit soigneusement un terrain : le sommet d'une colline, où l'on avait enterré des tas de gens pendant la dernière épidémie de peste. Puis elle récupéra les matériaux de construction les plus hantés possibles. Le bois d'un bateau naufragé, sans aucun survivant ; les briques d'un crématorium ; les colonnes de pierre d'un refuge pour sans-abri qui avait brûlé avec des centaines de personnes à l'intérieur. Et enfin, les fenêtres du palais d'un prince fou, qui avait empoisonné sa propre famille.

Hildy décora la maison avec des meubles, des tapis et des objets d'art achetés dans d'autres maisons hantées, y compris celle de l'homme du Portugal, qui lui envoya un bureau d'où s'échappaient chaque nuit, à trois heures du matin précises, les pleurs d'un bébé. Pour mettre toutes les chances de son côté, elle laissa des familles endeuillées organiser des veillées dans son salon pendant un mois entier.

Un soir de tempête, après le dernier coup de minuit, elle s'installa dans sa nouvelle demeure.

Hildy ne fut pas déçue – du moins, pas tout de suite. Il y avait des fantômes partout ! La maison était à peine assez grande pour les contenir tous. Ils encombraient la cave et le grenier, se battaient pour avoir de la place sous le lit et dans les placards, et faisaient en permanence la queue devant la salle de bains. (Ils n'utilisaient pas les toilettes, bien sûr, mais aimaient bien se recoiffer devant le miroir, pour s'assurer qu'ils étaient échevelés et effrayants.)

Les fantômes se trémoussaient sur la pelouse à toute heure du jour et de la nuit – pas parce que les spectres aiment spécialement danser, mais parce que les gens enterrés sous la maison étaient morts de la peste dansante[2]. Ils cognaient les tuyaux, raclaient les fenêtres et faisaient voler des livres des étagères. Hildy alla de pièce en pièce pour se présenter :

— Tu nous vois et tu n'as pas peur ? s'étonna le fantôme d'un jeune homme.

— Pas du tout, répondit-elle. J'adore les fantômes. Est-ce que tu sais jouer à saute-mouton ?

— Non, désolé ! marmonna-t-il avant de se détourner.

Il semblait déçu. À croire que tout ce qui l'intéressait, c'était de faire peur à quelqu'un, et que Hildy l'avait privé de ce plaisir. Elle fit donc semblant d'avoir peur du prochain fantôme qu'elle croisa : une vieille femme qui faisait flotter des couteaux dans la cuisine.

---

2. La peste dansante a tué des millions d'individus, mais ses victimes ont inventé le fox-trot, le charleston et le cha-cha. Cette épidémie a donc un bilan mitigé.

L'AMIE DES FANTÔMES

— Ahhhhh! cria Hildy. Qu'est-ce qui arrive à mes couteaux! J'ai perdu la tête!

La vieille femme parut satisfaite. Elle recula en levant les bras pour faire flotter les couteaux plus haut, mais trébucha sur un autre fantôme qui rampait par terre derrière elle. La vieille se retrouva les quatre fers en l'air et les couteaux retombèrent avec fracas sur le plan de travail.

— Qu'est-ce que tu fais là? cria la vieille au fantôme rampant. Tu ne vois pas que j'essaie de travailler?

— Tu n'as qu'à regarder où tu mets les pieds! rétorqua l'autre.

— *Moi*, regarder où je mets les pieds?

Hildy éclata de rire. C'était plus fort qu'elle. Les deux fantômes cessèrent de se chamailler.

— J'ai l'impression qu'elle nous voit, dit le fantôme rampant.

— Oui, on dirait bien, approuva la vieille. Et elle n'a pas peur.

— Si! Si! J'avais très peur! protesta Hildy en étouffant un rire. Honnêtement!

La vieille femme se releva et épousseta ses vêtements.

— Tu dis ça pour nous faire plaisir. Je n'ai jamais été aussi humiliée de ma vie.

Hildy ne savait plus comment se comporter. Elle avait tenté d'être elle-même, mais ça n'avait pas marché. Alors, elle avait essayé de faire ce que les fantômes attendaient d'elle, et ça n'avait pas marché non plus. Découragée, elle sortit dans le couloir, où patientaient les fantômes qui voulaient aller dans la salle de bains.

— Est-ce que quelqu'un veut devenir mon ami ? lança-t-elle à la cantonade. Je suis très sympathique, je connais plein d'histoires terrifiantes sur les vivants. Je suis sûre que ça pourrait vous amuser...

Les fantômes regardèrent leurs pieds sans répondre. Ils voyaient bien qu'elle était désespérée, et ça les mettait mal à l'aise.

Après un long silence, Hildy quitta la maison, le dos voûté et les joues brûlantes. Elle alla s'asseoir sous le porche et observa les fantômes de la peste qui dansaient dans le jardin. Elle avait échoué. On ne peut pas forcer les gens à devenir nos amis, même pas les gens morts.

Souffrant d'être ignorée, plus encore que de la solitude, Hildy décida de vendre sa maison. Les cinq premiers visiteurs, terrifiés, s'enfuirent avant même d'avoir passé la porte d'entrée. Hildy essaya de la faire paraître moins hantée en restituant une partie du mobilier à ceux qui le lui avaient vendu. Elle écrivit à l'homme au Portugal : souhaitait-il récupérer son bureau pleureur ? Il lui répondit sur-le-champ. Il ne voulait pas du bureau, disait-il, mais il espérait qu'elle se portait bien. Et il signa sa lettre : « Votre ami João ».

Hildy contempla ces mots pendant plusieurs minutes. Cet homme était-il vraiment son ami, ou était-il juste... amical ?

Elle lui écrivit à son tour en s'efforçant d'adopter un ton léger. Elle mentit en affirmant qu'elle allait très bien et lui demanda de ses nouvelles. Puis elle signa : « Votre amie Hildy ».

L'AMIE DES FANTÔMES

João et Hildy échangèrent encore quelques lettres courtes et banales : de simples civilités et des commentaires sur le temps qu'il faisait. Hildy n'aurait su dire si João la considérait comme son amie ou s'il se montrait simplement poli. Jusqu'au jour où il acheva une lettre ainsi : « Si vous passez à Coimbra, je serais enchanté de recevoir votre visite. »

Hildy réserva sur-le-champ un billet de train pour le Portugal et emplit une malle de vêtements. Le lendemain matin de bonne heure, une voiture à cheval vint la chercher pour l'emmener à la gare.

— Au revoir ! lança-t-elle joyeusement depuis la porte d'entrée. Je serai de retour dans quelques semaines !

Les fantômes ne lui répondirent pas. Elle n'entendit pas même un cliquetis dans la cuisine. Hildy haussa les épaules et monta dans la voiture.

Le voyage jusqu'à la maison de João, à Coimbra, fut éprouvant. Pendant le long trajet dans la chaleur et la poussière, Hildy se prépara à l'inévitable déception qui l'attendait. João appréciait ses lettres, mais elle doutait fort qu'il l'apprécierait en tant qu'être humain. Personne ne l'aimait. Elle ne devait pas se faire trop d'illusions, sans quoi, le chagrin risquerait de l'anéantir.

João vivait dans une maison aux allures fantomatiques et aux vitres cassées, perchée au sommet d'une colline. Alors que Hildy marchait vers l'entrée, plusieurs corbeaux noirs s'envolèrent en criant d'un chêne mort planté dans le jardin. Elle vit aussi un fantôme se balancer à un nœud coulant au balcon du deuxième étage, et lui fit un signe de main. Le spectre lui répondit, surpris.

João vint lui ouvrir la porte et l'invita à entrer dans son salon. Il la débarrassa de son manteau poussiéreux et lui offrit du thé au lait parfumé à la cannelle avec des gâteaux.

Il l'interrogea ensuite sur son voyage, le temps qu'elle avait eu en chemin, la façon dont on buvait le thé, là d'où elle venait... C'était un homme doux et affable, et sa conversation était agréable, mais Hildy n'arrêtait pas de bafouiller et craignait de se ridiculiser. Plus elle y pensait, plus elle avait du mal à trouver quelque chose à dire. Finalement, après un long silence gêné, João lui demanda :

— Vous ai-je offensée d'une manière ou d'une autre ?

Hildy comprit qu'elle était en train de perdre l'occasion de se faire enfin un véritable ami. Pour cacher les larmes qui perlaient à ses paupières, elle se leva de table et courut se réfugier dans la pièce voisine.

João ne la suivit pas immédiatement, préférant lui laisser un peu d'intimité. Elle alla s'asseoir dans un coin du bureau et se mit à pleurer en silence entre ses mains, furieuse contre elle-même et morte de honte. Au bout de quelques minutes, un petit bruit la fit se retourner. Le fantôme d'une jeune fille se tenait devant le bureau et jetait méthodiquement les stylos et les presse-papiers par terre.

— Arrête ! s'écria Hildy en essuyant ses larmes. Tu mets le bazar dans la maison de João.

— Tu me vois ? s'étonna la fille.

L'AMIE DES FANTÔMES

— Oui ! Et je vois aussi que tu es beaucoup trop vieille pour faire des blagues aussi puériles.

— Oui madame, dit la fille, avant de disparaître dans le mur.

— Vous lui avez parlé ? demanda João.

Hildy sursauta. En se retournant brusquement, elle vit que son hôte l'observait depuis le seuil.

— Oui, dit-elle. J'ai la faculté de les voir et de m'adresser à eux. Elle ne vous dérangera plus. En tout cas, pas aujourd'hui...

João était émerveillé. Il s'assit et raconta à Hildy toutes les misères que les fantômes lui faisaient subir. Ils l'empêchaient de dormir la nuit, effrayaient ses visiteurs, cassaient ses affaires... Il avait tenté de leur parler, mais les esprits refusaient de l'écouter. Il avait même fait venir un prêtre pour se débarrasser d'eux. Hélas, cela n'avait servi qu'à les mettre en colère, et ils avaient cassé encore plus de choses la nuit suivante.

— Il faut être ferme, mais compréhensif, lui expliqua Hildy. Ce n'est pas facile d'être un fantôme. Ils sont comme tout le monde, ils veulent se sentir respectés.

— Pensez-vous que vous pourriez leur parler en mon nom ? demanda humblement João.

— Je veux bien essayer...

Hildy s'aperçut alors qu'elle discutait sans avoir bredouillé une seule fois, et sans avoir laissé planer aucun silence gêné.

Elle se mit au travail le jour même. Les fantômes voulurent se cacher, mais elle connaissait leurs recoins préférés et les amadoua l'un après l'autre pour qu'ils viennent discuter à découvert. Certaines conversations durèrent plusieurs heures. Hildy argumentait, insistait, et João la contemplait avec admiration. Au bout de trois jours et trois nuits, la jeune femme avait convaincu la plupart des fantômes de quitter la maison. Elle exigea de ceux qui restaient qu'ils se tiennent tranquilles pendant que João dormait, et, s'ils devaient absolument renverser des tables, qu'ils épargnent les objets de famille.

La maison de João était transformée, et lui aussi. Pendant trois jours et trois nuits, il avait vu Hildy parlementer avec les fantômes, et il s'était attaché à elle. Hildy aussi avait appris à apprécier João. Elle s'était aperçue qu'elle lui parlait facilement, et désormais, elle était certaine qu'ils étaient de vrais amis. Malgré cela, elle craignait d'abuser de son hospitalité. Le quatrième jour, elle fit donc ses valises et dit au revoir à son hôte. Elle avait décidé de rentrer chez elle, avant de s'installer dans une maison non hantée, et d'essayer à nouveau de se faire des amis vivants.

— J'espère qu'on se reverra, lui dit-elle. Tu vas me manquer, João. Viens me rendre visite, un de ces jours...

— Avec plaisir !

Un attelage vint la chercher pour la conduire à la gare. Hildy salua João avec de grands gestes et s'approcha de la voiture.

— Attends ! s'écria-t-il. Ne pars pas !

Hildy s'arrêta et se tourna vers lui.

— Pourquoi ?

— Parce que je suis tombé amoureux de toi !

À l'instant où il prononçait ces mots, Hildy comprit qu'elle l'aimait aussi. Elle remonta le perron en courant, et ils se jetèrent dans les bras l'un de l'autre.

En voyant cela, même le fantôme pendu à la rambarde du deuxième étage sourit.

Hildy épousa João et emménagea chez lui. Les quelques esprits restés dans la maison la traitaient amicalement, même si elle n'avait plus besoin d'amis fantômes, puisqu'elle avait João. Le couple eut bientôt une fille, puis un fils, et la vie de Hildy fut bien remplie. Enfin, comme si cela ne suffisait pas, une nuit, aux alentours de minuit, on frappa à la porte d'entrée. Hildy alla ouvrir et découvrit sur le seuil les fantômes de sa sœur et de ses parents.

— Vous êtes revenus ! s'écria-t-elle, folle de joie.

— On est revenus depuis longtemps, lui dit sa sœur, mais tu avais déménagé ! On a mis un temps fou à te retrouver.

— C'est sans importance, dit sa mère. Nous sommes enfin réunis !

Au même moment, les deux enfants de Hildy et João sortirent sur le porche avec leur père. Ils frottèrent leurs yeux ensommeillés.

— *Pai*, demanda la fillette. Pourquoi *mamae* parle-t-elle dans les airs ?

— Elle ne parle pas dans les airs, répondit João en souriant à sa femme. Chérie, est-ce que c'est bien qui je pense ?

Hildy étreignit son mari d'un bras et sa sœur de l'autre. Alors, le cœur si plein qu'il lui semblait sur le point d'éclater, elle présenta sa famille morte à sa famille vivante.

Et ils vécurent heureux jusqu'à la fin des temps.

Cocobolo

uand il était petit garçon, Zheng vénérait son père. C'était pendant le règne de Kublai Khan, dans la Chine ancienne, bien avant que l'Europe n'exerce sa suprématie sur les océans. Liu Zhi était un célèbre explorateur maritime, un homme si passionné que les gens disaient de lui qu'il avait de l'eau de mer dans les veines.

À l'âge de quarante ans, il avait accompli plus de prouesses qu'aucun matelot avant lui. Il avait dessiné une carte de toute la côte est de l'Afrique, pris contact avec des tribus inconnues au cœur de la Nouvelle-Guinée et de Bornéo, et conquis d'immenses territoires pour l'Empire. En chemin, il avait combattu des pirates et des brigands, écrasé une mutinerie et survécu à deux naufrages. Une immense statue de bronze à son effigie se dressait à l'entrée du port de Tianjin, et regardait la mer avec nostalgie. C'était, pour Zheng, tout ce qu'il lui restait de son père, car l'homme avait disparu quand il avait dix ans.

La dernière expédition de Liu Zhi avait pour but de découvrir l'île de Cocobolo, que l'on avait longtemps cru légendaire. On racontait que dans cette contrée, des arbres couverts de rubis poussaient sur les berges d'immenses lacs d'or liquide. Avant le départ, son père avait dit à Zheng : « Si je devais ne jamais revenir, promets-moi de partir un jour à ma recherche. Ne laisse pas l'herbe te pousser sous les pieds ! »

Zheng avait promis, convaincu que même l'océan sauvage ne pourrait vaincre un homme comme son père. Pourtant, Liu Zhi n'était jamais revenu.

Au bout d'un an sans nouvelles de lui, l'empereur organisa en son honneur une somptueuse cérémonie. Zheng était inconsolable. Pendant des jours et des jours, il pleura au pied de la statue.

En grandissant, Zheng apprit des choses sur son père, et peu à peu, l'opinion qu'il se faisait de lui changea. Liu Zhi était un homme étrange ; à la fin de sa vie, il l'était de plus en plus. Des rumeurs disaient qu'il était devenu fou.

— Il nageait dans la mer pendant des heures chaque jour, même l'hiver, disait le frère aîné de Zheng. C'est à peine s'il supportait d'être sur la terre ferme.

— Il affirmait qu'il pouvait communiquer avec les baleines, se moquait Ai, l'oncle de Zheng. Une fois, je l'ai même entendu essayer de parler leur langue !

— Il voulait qu'on parte tous vivre sur une île au milieu de nulle part, disait la mère de Zheng. Je lui ai répondu « On festoie au palais ! On distrait des ducs et des vicomtes ! Pourquoi devrait-on renoncer à cette existence pour vivre comme des sauvages dans un bac à sable ? » Après cela, il ne m'a presque plus adressé la parole.

COCOBOLO

Liu Zhi avait accompli beaucoup de grandes choses, très tôt dans sa vie, disaient les gens. Mais ensuite, il s'était mis à courir après des chimères. Il avait organisé un voyage pour découvrir la terre des chiens parlants. Il affirmait qu'il existait un lieu, aux confins septentrionaux de l'Empire romain, où vivaient des femmes capables de changer de forme et d'arrêter le temps[1].

Il fut peu à peu mis à l'écart par la bonne société. À la fin, les nobles cessèrent de financer ses expéditions. Il fut donc contraint de les payer lui-même. Lorsqu'il eut épuisé sa fortune personnelle, laissant sa femme et ses enfants sur la paille, il se mit en quête de Cocobolo, afin de s'approprier ses richesses.

Zheng comprit que les excentricités de son père l'avaient conduit à sa ruine. Ayant atteint l'âge adulte, il prit garde de ne pas répéter les erreurs de Liu Zhi. Car il avait de l'eau de mer dans les veines, lui aussi. Comme son père, il devint matelot – mais un matelot d'une tout autre sorte. Il ne menait pas d'expéditions de découverte, ne voyageait pas dans le but de conquérir de nouvelles terres pour l'Empire. Il était marchand, et commandait une flotte de navires de commerce. Il ne prenait aucun risque, évitait les routes fréquentées par les pirates, ne s'éloignait jamais des eaux familières. Et c'était un homme prospère.

---

1. Apparemment, la renommée des ombrunes de Grande-Bretagne s'était étendue dans le monde entier, jusqu'à devenir une légende chez les normaux.

Sa vie sur la terre ferme était conventionnelle, elle aussi. Il festoyait au palais et se liait d'amitié avec les gens qu'il fallait. Il ne prononçait jamais un mot choquant et ne soutenait pas d'opinions controversées. Il fut récompensé par un mariage avec la petite-nièce de l'empereur, ce qui le plaça à un cheveu de la noblesse.

Pour protéger les richesses qu'il avait accumulées, Zheng s'efforça de prendre ses distances avec la figure paternelle. Il ne faisait jamais allusion à Liu Zhi. Il changea son nom de famille et prétendit qu'ils n'étaient pas apparentés. Mais plus il vieillissait, plus Zheng trouvait difficile de chasser le souvenir de son père. Des parents qui l'avaient connu faisaient souvent des commentaires sur leur ressemblance.

— Ta façon de marcher, ta posture, lui disait sa tante Xi Pen. Même les mots que tu emploies – j'ai l'impression de le voir devant moi !

Zheng s'efforça de changer. Il copia la démarche dégingandée de son frère aîné, Deng, que personne ne comparait jamais à leur père. Avant de parler, il prenait le temps de réfléchir aux mots qu'il voulait prononcer et leur choisissait des synonymes. Cependant, il ne pouvait pas changer son visage, et chaque fois qu'il passait devant le port, la statue géante de son père lui rappelait leur ressemblance frappante. Alors, une nuit, il se faufila au port équipé d'une corde et d'un treuil, et, au prix d'un effort colossal, renversa la statue.

Les cauchemars commencèrent le jour de son trentième anniversaire. Le vieillard famélique qu'il voyait dans ses rêves, avec sa peau tannée et sa barbe blanche qui lui descendait jusqu'aux genoux, ne ressemblait plus du tout à Zheng. Il lui faisait des signes désespérés depuis la rive d'une île déserte brûlée par le soleil.

Le jeune homme se réveillait en sursaut aux petites heures du matin, en sueur, tourmenté par la culpabilité. Il avait fait une promesse à son père. Une promesse qu'il n'avait jamais cherché à tenir.

« Viens et trouve-moi. »

Son herboriste lui prépara un puissant somnifère, qu'il prit chaque soir avant de se coucher. Il lui permettait de dormir profondément jusqu'au matin, d'un sommeil sans rêve.

Chassé de ses nuits, le père de Zheng trouva d'autres moyens de hanter son fils.

Un jour qu'il marchait sur les docks, le jeune homme fut soudain pris d'une envie impérieuse de sauter dans l'océan et d'aller nager – en plein hiver. Il résista à cette impulsion et, pendant des semaines, ne s'autorisa même pas à regarder la mer.

Peu après, il commandait un vaisseau en route pour Shanghai quand, alors qu'il se trouvait dans la cale, il entendit le chant d'une baleine. Il approcha l'oreille de la coque et écouta. Il avait l'impression de comprendre ce que disait le mammifère, dans sa langue étrange.

– *Co... co... bo... lo!*

Zheng se boucha les oreilles avec du coton, courut sur le pont et, de toute la traversée, refusa de redescendre dans la cale. Il craignait de devenir fou, exactement comme son père.

De retour chez lui, il fit un nouveau cauchemar, contre lequel le somnifère de l'herboriste se révéla inefficace. Dans son rêve, Zheng se frayait un passage à travers la végétation d'une île tropicale, tandis que des rubis pleuvaient doucement des arbres. L'air étouffant semblait souffler son prénom : « Zheng, Zheng », et bien qu'il sentît la présence de son père toute proche, il ne vit personne. Épuisé, il s'étendit dans une clairière. Il était à peine allongé que l'herbe se mit à pousser autour de lui, l'enveloppant dans une étreinte suffocante.

Zheng se réveilla brusquement, car ses plantes de pieds étaient prises de démangeaisons insupportables. Rabattant les couvertures, il découvrit avec effroi qu'elles étaient couvertes d'herbe. Il les frotta pour les nettoyer, mais les tiges sortaient de sa peau.

Craignant que sa femme s'en aperçoive, Zheng sauta du lit, courut à la salle de bains et se rasa.

« Que m'arrive-t-il ? » se demandait-il.

La réponse était évidente : il perdait la tête, comme son père.

Le lendemain matin, en se réveillant, Zheng découvrit que l'herbe avait repoussé sous ses pieds, mais aussi que de longs filaments d'algues jaillissaient de ses aisselles. Il fonça à la salle de bains, arracha les algues – c'était très douloureux –, puis se rasa une seconde fois les pieds.

Le lendemain, au réveil, il découvrit la même végétation sous ses pieds et ses aisselles, ainsi qu'une nouvelle surprise : ses draps étaient pleins de sable. Il s'était échappé pendant la nuit des pores de sa peau.

COCOBOLO

Zheng gagna la salle de bains, arracha les algues et se rasa les pieds, toujours convaincu qu'il était devenu fou. Mais à son retour, son lit était toujours plein de sable. Sa femme, qui s'était réveillée entre-temps, en avait plein les cheveux et se frottait le corps pour s'en débarrasser.

« Si elle le voit, songea Zheng, c'est forcément réel. Le sable comme le reste. » Autrement dit, il n'était pas fou. Il lui arrivait juste quelque chose d'étrange.

Zheng retourna voir l'herboriste, qui lui concocta une potion aux relents infâmes et lui recommanda de s'en frotter tout le corps.

Comme la potion fut sans effet, il consulta un chirurgien, qui assura qu'il ne pouvait rien faire, à part l'amputer des pieds et boucher ses pores avec de la colle. Ce n'était évidemment pas une solution. Zheng alla donc trouver un moine et pria avec lui. Mais il s'endormit pendant la prière et constata en se réveillant qu'il avait mis du sable plein la cellule. L'homme, furieux, le jeta dehors.

Il n'existait apparemment aucun remède à son étrange mal, dont les symptômes ne cessaient d'empirer. L'herbe poussait désormais jour et nuit sous ses pieds. Quant aux algues, elles lui donnaient une odeur de plage à marée basse. Sa femme fit chambre à part. Zheng craignait que ses associés n'entendent parler de son état et ne cherchent à l'écarter. Alors, il serait ruiné. De désespoir, il commençait à envisager de se faire amputer les pieds et boucher les pores. Mais soudain, il se rappela les derniers mots de son père :

« Ne laisse pas l'herbe te pousser sous les pieds. »

Ces paroles mystérieuses, sur lesquelles Zheng s'était interrogé pendant des années, prenaient enfin tout leur sens. C'était un message. Liu Zhi savait ce qui allait arriver à son fils, car ça lui était arrivé aussi ! Ils partageaient plus que les traits du visage, une démarche et une façon de parler. Ils avaient également en commun cette étrange affliction.

« Viens me chercher, lui avait-il dit. Ne laisse pas l'herbe te pousser sous les pieds. »

Liu Zhi ne s'était pas lancé à la recherche d'un mystérieux trésor. Il était parti en quête un remède. Si Zheng voulait avoir une chance de reprendre un jour une vie normale, il devait tenir sa promesse.

Au dîner, ce soir-là, il annonça ses intentions à sa famille.

— Je pars retrouver mon père, déclara-t-il.

Incrédules, ses parents lui rappelèrent que d'autres déjà avaient essayé et échoué. Les recherches avaient été financées par l'empereur, mais on n'avait retrouvé aucune trace de Liu Zhi ni de son expédition. Comment Zheng, un marchand qui ne s'était jamais écarté des routes commerciales, pouvait-il espérer être plus chanceux ?

— J'y arriverai, vous verrez, dit le jeune homme. Il faut juste que je trouve l'île qu'il cherchait.

— Ce serait impossible, même si tu étais le meilleur navigateur du monde, prédit sa tante Xi. Cette île n'existe pas.

Zheng partit, bien décidé à prouver à sa famille qu'elle se trompait. L'île existait, et il savait comment s'y prendre pour la découvrir. Il cesserait de prendre son somnifère, afin de laisser ses rêves le guider. Si cela ne fonctionnait pas, il écouterait les baleines.

Son second aussi tenta de le décourager. Même si l'île existait, affirmait-il, tous les marins qui l'avaient vue juraient qu'on ne pouvait l'atteindre. « Elle se déplace pendant la nuit », disaient-ils. « Comment pourrait-on accoster sur une île qui se dérobe ? » demanda le matelot.

— En armant le bateau le plus rapide qui ait jamais été construit, répondit Zheng.

Il consacra toute sa fortune à construire ce navire, qu'il baptisa *L'Improbable*. Au bord de la faillite, il dut émettre des billets à ordre pour payer l'équipage.

Sa femme était furieuse.

— À cause de toi, on va tous aller au refuge des sans-abri ! criait-elle. Je vais devoir prendre des travaux de blanchisserie pour qu'on ne meure pas de faim !

— Je me remplirai les poches de rubis quand j'aurai trouvé Cocobolo, répondait Zheng. À mon retour, je serai plus riche que jamais. Tu verras !

L'Improbable prit la mer. La rumeur disait que Cocobolo était située au sud-ouest de Ceylan, dans l'océan Indien, mais l'île n'avait jamais été repérée deux fois au même endroit. Zheng arrêta donc de prendre son somnifère et attendit des rêves prémonitoires. Dans l'intervalle, *L'Improbable* mit le cap sur Ceylan.

Chemin faisant, les hommes d'équipage demandèrent des nouvelles de Cocobolo aux bateaux qu'ils croisaient.

— Je l'ai vue à l'horizon, à l'est, il y a trois semaines, dit un pêcheur en pointant le grand bleu. En direction de la mer d'Arabie.

Comme les nuits de Zheng étaient décevantes, dépourvues de rêves, ils prirent la direction de l'est. En mer d'Arabie, le capitaine d'un bateau leur affirma l'avoir croisée deux jours plus tôt à l'ouest, près de Sumatra.

Entre-temps, Zheng rêvait de nouveau, mais ses rêves étaient sans queue ni tête. Ils mirent donc le cap à l'ouest. À Sumatra, un homme perché sur une falaise leur cria que Cocobolo avait été aperçue au sud-est, près de Thinadhoo.

— Vous venez juste de la manquer...

Le voyage continua ainsi pendant plusieurs mois. L'équipage commençait à trouver le temps long, et une mutinerie couvait. Son second conseilla à Zheng d'abandonner.

— Si cette île était réelle, nous l'aurions trouvée à l'heure qu'il est, argumentait-il.

Zheng refusa ; il voulait davantage de temps. Il passa toute une nuit à prier pour avoir des rêves prophétiques, et le lendemain, dans la cale, l'oreille pressée contre la coque, il tenta d'entendre le chant des baleines. Tout cela en vain.

Zheng perdait espoir. S'il rentrait chez lui bredouille, il n'aurait toujours pas de remède contre son mal. Sa femme le quitterait. Sa famille l'éviterait. Ses investisseurs refuseraient de le soutenir, et son entreprise ferait faillite. Il serait ruiné.

Découragé, il alla se poster à la proue du navire. Alors qu'il regardait les eaux bouillonnantes, il éprouva une envie pressante de plonger. Cette fois, il ne résista pas.

L'eau était glaciale, et un puissant courant l'attira vers le fond. Zheng se laissa couler sans lutter.

Soudain, un œil géant entouré d'un mur de chair grise émergea des ténèbres. C'était une baleine, qui nageait vers lui à toute vitesse. Avant de le percuter, elle plongea et disparut. L'instant d'après, les pieds de Zheng se posèrent sur une surface solide. La baleine le poussait vers le haut.

Ils trouèrent ensemble la surface de l'eau. Zheng toussa et cracha. Quelqu'un sur le pont du bateau lui lança une corde. Il la noua autour de sa taille, et, pendant qu'on le hissait à bord, il entendit la baleine siffler au-dessous de lui : « Suis-moi... »

Arrivé sur le pont, Zheng vit le mammifère s'éloigner. Grelottant de froid, le souffle court, il trouva quand même la force de crier :

— Suivez cette baleine !

L'Improbable prit la baleine en chasse tout le jour, et même la nuit, repérant sa position à la brume qu'elle soufflait par son évent. Au lever du soleil, une île se dessinait à l'horizon – une île qui ne figurait pas sur la carte.

Ce ne pouvait être que Cocobolo.

Ils naviguèrent dans sa direction aussi vite que le vent le leur permettait. Au fil de la journée, ce qui n'était au départ qu'un simple point à l'horizon devint une île parfaitement distincte. Hélas, la nuit tomba avant qu'ils aient pu l'atteindre. Quand le soleil reparut, l'île n'était plus qu'un point dans le lointain.

— C'est exactement comme on nous l'a dit, s'émerveilla Zheng. Elle bouge !

Pendant trois jours, les matelots tentèrent en vain de rejoindre l'île. Chaque soir, ils s'en rapprochaient davantage, mais la voyaient à nouveau leur échapper durant la nuit. Le quatrième jour, un vent puissant gonfla les voiles de *L'Improbable*, et le navire put enfin jeter l'ancre dans une crique sablonneuse, à l'instant précis où le soleil plongeait derrière l'horizon.

Zheng avait rêvé de Cocobolo pendant des mois, et la réalité n'avait pas grand-chose à voir avec ce qu'il avait imaginé. Les cascades d'or qui se jetaient dans la mer et les pentes montagneuses plantées d'arbres scintillants de rubis n'existaient que dans ses rêves. Avec ses collines banales, couvertes d'une épaisse végétation, Cocobolo ressemblait aux centaines d'îles qu'il avait visitées au cours de ses voyages. Et le plus décevant, c'est qu'on n'y voyait aucun signe de l'expédition de son père. Zheng pensait trouver le navire de Liu Zhi à moitié enseveli dans une crique, et le vieil homme lui-même, qui vivait seul depuis vingt ans, debout sur une plage, le remède à la main. Mais il n'y avait qu'un croissant de sable blanc, et un mur de palmiers qui s'agitaient dans la brise.

Zheng rejoignit la plage en pataugeant dans l'eau peu profonde avec son second et quelques hommes d'équipage armés. Après plusieurs heures de recherche, ils n'avaient toujours rien découvert : ni Liu Zhi, ni le moindre signe de présence humaine. Zheng avait beau se dire qu'il était trop tôt pour renoncer, il était plus déçu que jamais.

La lumière déclinait. Les hommes allaient dresser leur campement, quand ils entendirent un froissement dans les fourrés. Presque aussitôt, deux jaguars en jaillirent en poussant des rugissements terrifiants.

Les hommes s'éparpillèrent. Ils tirèrent des flèches sur les fauves, ce qui ne fit que les encourager à attaquer. L'un d'eux bondit sur Zheng, qui fila à toutes jambes. Il courut à perdre haleine dans la jungle, arrachant ses vêtements sur les broussailles. Quand il fut forcé de s'arrêter pour reprendre son souffle, il guetta en vain les voix de ses hommes. Il était seul, perdu et la nuit tombait.

En cherchant un abri, il repéra une série de grottes, d'où s'échappait à intervalles réguliers un vent chaud et humide. Il se glissa dans l'une, songeant que c'était un endroit comme un autre pour attendre le matin.

Il creusa un petit foyer dans la terre et alluma un feu. À peine les flammes avaient-elles jailli que le sol se convulsa sous ses pieds. Un cri assourdissant s'échappa des profondeurs de la grotte.

— Éteins-le ! Éteins le feu ! tonna une voix.

Terrifié, Zheng jeta de la terre sur les flammes. Le sol cessa aussitôt de trembler.

— Pourquoi me blesses-tu ? demanda la voix puissante. Qu'est-ce que je t'ai fait ?

Zheng ignorait qui lui avait parlé, mais il comprit qu'il avait intérêt à répondre.

— Je n'avais pas l'intention de blesser quiconque, affirma-t-il. Je voulais juste me faire cuire quelque chose à manger…

— Est-ce que tu apprécierais que je creuse un trou dans ta peau et que j'y allume un feu ?

Zheng se tourna vers le foyer éteint. La cavité se remplissait lentement d'or liquide.

— Qui es-tu ? demanda la voix.

— Je m'appelle Zheng. Je viens de la ville portuaire de Tianjin.

Un long silence plana, puis un rire joyeux emplit la grotte.

— Tu es venu, enfin ! Si tu savais comme je suis heureux de te voir, mon garçon !

— Je ne comprends pas, protesta Zheng. Qui êtes-vous ?

— Allons ! Tu ne reconnais pas la voix de ton père ?

— Mon père ! s'écria Zheng.

Il se retourna.

— Où êtes-vous ?

Un nouvel éclat de rire retentit.

— Tout autour de toi.

Une bosse de terre se forma près de lui, s'éleva et l'embrassa dans une étreinte sableuse.

— Tu m'as tellement manqué, Zheng !

Celui-ci réalisa avec effroi qu'il n'était pas en train de parler à un géant dissimulé dans la grotte, mais à la grotte elle-même.

— Vous n'êtes pas mon père ! s'écria-t-il en se dégageant. Mon père est un homme… un humain !

— J'étais humain autrefois, reprit la voix. J'ai beaucoup changé, comme tu peux le voir. Mais je serai toujours ton père.

— Vous essayez de me tromper. Vous vous appelez Cocobolo ; vous vous déplacez pendant la nuit, et de l'or liquide suinte de vos orifices. C'est ce que dit la légende...

— C'est ce qu'il advient de tout homme qui se transforme en île.

— Il y en a d'autres comme vous ?

— Ici et là[2]. Nous portons tous le même nom : Cocobolo. Mais moi, je suis ton père.

— Je vous croirai si vous me le prouvez, prévint Zheng. Quelles sont les dernières paroles que vous m'avez adressées ?

— « Viens me chercher, fit la voix. Ne laisse pas l'herbe te pousser sous les pieds. »

À ces mots, Zheng tomba à genoux et se mit à pleurer. C'était donc vrai : son père était l'île, et l'île était son père. Les grottes étaient son nez et sa bouche, la terre, sa peau, l'herbe, ses cheveux. L'or qui remplissait le trou que Zheng avait creusé était son sang. Son père était venu ici en quête d'un remède, mais il n'en avait pas trouvé.

---

2. Les îles vivantes sont quasiment inconnues dans le monde des particuliers de nos jours. S'il en existe encore, elles sont bien cachées. Personne ne peut leur reprocher leur timidité : par le passé, ces îles furent criblées de trous par des mineurs avides d'or, une entreprise aussi grotesque que douloureuse.

À cette pensée, le jeune homme sentit le désespoir l'envahir. «Est-ce que je suis condamné à devenir comme ça, moi aussi?» se demanda-t-il.

— Oh, père, c'est affreux!

— Ce n'est pas affreux, répondit Cocobolo, légèrement vexé. Ça me plaît d'être une île.

— Vraiment?

— Il m'a fallu quelque temps pour m'y habituer, bien sûr, mais c'est infiniment mieux que d'être un homme.

— Qu'est-ce que ça avait de si désagréable? demanda Zheng.

C'était à son tour de se sentir offensé.

— Rien du tout, si l'on est fait pour cela, répondit son père. Ce n'était pas mon cas. Je n'étais pas destiné à rester humain, même si j'ai mis des années à l'accepter. J'ai lutté de toutes mes forces contre les changements qui s'opéraient en moi — et qui s'opèrent aussi en toi. J'ai consulté des docteurs qui se sont révélés impuissants. Je me suis alors tourné vers des cultures lointaines. J'ai vu des sorciers et des chamanes, mais personne ne pouvait rien pour moi. J'étais terriblement malheureux. Finalement, incapable de supporter plus longtemps mon état, j'ai quitté mon foyer pour aller m'installer aux confins de l'océan. J'ai laissé mon sable se répandre et mes herbes pousser... Et là, quel soulagement!

— Es-tu vraiment heureux ainsi? s'étonna Zheng. Une étendue de jungle infestée de jaguars, au milieu de l'océan?

— Oui, répondit son père. Je suis heureux, même si je souffre parfois de la solitude. Le seul autre Cocobolo que je connaisse est un vieux rabat-joie, et les humains qui me rendent visite veulent tous pomper mon sang. Mais si mon fils était à mes côtés… Ah, mon bonheur serait complet !

— Je suis désolé, dit Zheng. Ce n'est pas pour ça que je suis là. Je ne veux pas devenir une île. Je veux être normal !

— Mais tu n'es pas normal, protesta son père.

— Tu as renoncé trop tôt. Il existe forcément un remède.

— Non, mon fils, dit l'île en poussant un soupir d'une telle puissance qu'il ébouriffa les cheveux de Zheng. Il n'y a aucun remède. C'est notre forme naturelle.

Pour Zheng, ces paroles étaient pires qu'une condamnation à mort. Submergé par le désespoir et la colère, il sanglota en poussant des cris de rage. Son père tenta en vain de le consoler. Il fit pousser un lit d'herbe tendre pour que Zheng s'y étende. Quand il se mit à pleuvoir, il fit ployer les palmiers pour qu'ils l'abritent. Après que Zheng, épuisé, se fut endormi, Cocobolo tint les fauves à distance de lui en produisant des grondements effrayants.

Quand le jeune homme se réveilla au petit matin, il avait vaincu son désespoir. Il refusait de renoncer à son humanité et combattrait coûte que coûte pour la garder, remède ou pas. Quant à son père, le simple fait d'y penser emplissait Zheng d'une immense tristesse. Il décida de le chasser de ses pensées.

Zheng se leva et sortit de la grotte.

— Attends ! l'implora son père. Je t'en prie, reste avec moi ! Nous serons des îles voisines – un petit archipel !

— et nous nous tiendrons compagnie. C'est le destin, mon garçon !

— Ce n'est pas le destin, répondit Zheng avec amertume. Tu as fait un choix.

Sur ces mots, il s'enfonça dans la jungle.

Son père ne chercha pas à l'arrêter, alors que c'eût été facile pour lui. Un gémissement s'échappa de sa bouche et des vagues de souffle chaud balayèrent l'île. Quand il pleura, les branches des arbres frissonnèrent, laissant échapper une pluie de rubis.

Zheng s'arrêta ici et là pour ramasser les pierres précieuses. Il en emplit ses poches, et lorsqu'il eut regagné son bateau, il en avait récolté assez pour payer les salaires de ses hommes d'équipage et remplir ses coffres vides, là-bas, en Chine.

Ses hommes, qui le croyaient dévoré par les jaguars, l'accueillirent avec des cris de joie. Sur ses ordres, ils levèrent l'ancre et mirent les voiles vers Tianjin.

Son second l'emmena à l'écart pour lui parler.

— Et ton père ? lui demanda-t-il.

— J'ai accepté l'idée qu'il était mort, répondit Zheng, péremptoire.

Le second hocha la tête et ne posa pas d'autres questions.

Alors que le navire s'éloignait de Cocobolo, Zheng entendit longtemps son père pleurer. Travaillé par les regrets, il alla se poster à la proue et refusa de regarder en arrière.

Un jour et une nuit durant, un banc de petits rorquals nagea dans le sillage de *L'Improbable* en chantant :
> *Ne pars pas.*
> *Ne pars pas.*
> *Tu es le fils de Cocobolo.*

Zheng se boucha les oreilles et fit tout ce qu'il pouvait pour les ignorer.

Pendant le long voyage qui le ramenait chez lui, Zheng s'obstina à nier la transformation qui s'opérait en lui. Plusieurs fois par jour, il se rasait les pieds et arrachait les algues de ses aisselles. Sa peau était en permanence couverte d'un sable fin et poudreux qui s'échappait de ses pores. Il prit l'habitude de porter des cols montants, des manches longues, et de se baigner quotidiennement dans l'eau de mer.

Le jour de son arrivée à Tianjin, avant même d'aller voir sa femme, Zheng passa chez son chirurgien. Il commanda à l'homme de faire le nécessaire pour stopper sa transformation. Le médecin lui donna un puissant somnifère et se mit au travail. Quand Zheng se réveilla, ses aisselles étaient couvertes de goudron, sa peau enduite de glu, et ses pieds, amputés, remplacés par des prothèses en bois. L'image qu'il découvrit dans le miroir le révulsa, mais il espérait que ce sacrifice avait sauvé son humanité. Il paya le chirurgien et rentra chez lui en clopinant sur ses nouveaux pieds en bois.

En le voyant, sa femme manqua de défaillir.

— Qu'est-ce qui t'est arrivé ? s'écria-t-elle.

Zheng prétendit qu'il s'était blessé en repêchant un homme tombé à la mer et attribua sa peau collante à une mauvaise réaction au soleil des tropiques. Il répéta ces mensonges à sa famille et à ses associés, ajoutant qu'il avait trouvé le corps de son père à Cocobolo[3]. Liu Zhi était mort, affirma-t-il. Mais ce qui les intéressait davantage, c'était les rubis qu'il rapportait.

Pendant un temps, Zheng mena une vie agréable. Ses maux avaient cessé de le tourmenter. En se faisant couper les pieds, il avait échangé un handicap monstrueux contre un autre, plus banal, et s'en accommodait très bien. En rapportant les rubis de Cocobolo, il avait acquis, en plus de la richesse, une réputation d'explorateur. Il avait trouvé l'île et il était revenu pour le raconter. On organisa des fêtes et des banquets en son honneur.

Zheng tenta de se convaincre qu'il était heureux. Pour faire taire la petite voix du regret qui miaulait parfois au fond de lui, il se persuada que Liu Zhi était réellement mort. «Tu as rêvé, se disait-il. Comment cette île pourrait-elle être ton père?»

Pourtant, quand ses affaires l'amenaient du côté du port, il entendait quelquefois le chant des baleines, qui l'invitaient à retourner à Cocobolo. Lorsqu'il regardait l'océan à travers une longue-vue, il lui semblait apercevoir une tache familière à l'horizon. Ce n'était pas un bateau, et aucune île ne figurait à cet endroit sur la carte.

---

3. Ce n'était pas faux, vu que le corps de son père était Cocobolo.

Au fil des mois, une étrange sensation d'oppression s'empara de lui. Elle était plus forte quand il s'approchait de l'eau, comme si son corps se rappelait ce qu'il voulait devenir. Lorsque Zheng se tenait à l'extrémité d'une jetée et laissait son regard se perdre sur l'océan, il sentait l'herbe, le sable et les algues qu'il avait emprisonnés en lui chercher une sortie.

Il évita désormais de s'approcher de l'eau et fit le serment de ne plus jamais monter sur un bateau. Il acheta une maison dans les terres, très loin de la côte. Hélas, cela ne fut pas suffisant. Zheng se sentait oppressé chaque fois qu'il se baignait, qu'il se lavait le visage, ou se retrouvait sous la pluie.

Il cessa donc de se laver, et s'arrangea pour ne plus sortir lorsque le ciel était nuageux. Il ne pouvait même plus boire un verre d'eau, de crainte de raviver en lui des désirs qu'il serait incapable de contrôler. Quand cela devenait absolument nécessaire, il suçait un linge mouillé.

— Plus une goutte ! dit-il un jour à sa femme. Je ne veux plus voir une seule goutte d'eau dans cette maison.

De nombreuses années passèrent sans que Zheng touche à de l'eau. Vieux, tout desséché, il ressemblait de plus en plus à un gros raisin sec, mais ses pulsions le laissaient en paix. Son épouse et lui n'eurent pas d'enfants : d'abord parce que Zheng était poisseux des pieds à la tête, mais surtout parce qu'il craignait de transmettre son affliction à sa descendance.

Un jour, il fouillait dans ses affaires personnelles pour établir son testament, quand il trouva un petit sachet de soie au fond d'un tiroir. Lorsqu'il l'ouvrit, un rubis apparut dans sa main. Zheng avait vendu tous les autres depuis bien longtemps, et croyait celui-ci perdu. Pourtant, il était là, frais et lourd dans sa paume. Le vieil homme n'avait pas repensé à son père depuis plusieurs décennies.

Ses mains se mirent à trembler. Il rangea le rubis en lieu sûr et vaqua à d'autres occupations, mais il était trop tard.

D'où venait cette soudaine humidité, Zheng n'aurait su le dire. Il n'avait même pas sucé un chiffon depuis trois jours. Pourtant, sa vision se troubla, et ses yeux s'emplirent de larmes, comme si l'on avait ouvert le robinet d'une réserve secrète, tout au fond de lui.

— Non! cria-t-il en abattant les poings sur la table. Non, non, non!

Il regarda désespérément autour de lui dans l'espoir de se changer les idées. Il compta jusqu'à vingt, puis recommença, à l'envers. Il chanta une chanson absurde. En vain. C'était irrépressible.

Une larme roula sur sa joue, puis sur son menton, et s'écrasa par terre. Zheng, sidéré, contempla l'éclaboussure sombre qui s'était formée sur le bois.

Pendant un long moment, tout fut calme, silencieux. Puis la chose qu'il redoutait le plus au monde se produisit. En quelques instants, l'étrange, terrible pression qui grandissait à l'intérieur de lui devint intolérable. Il lui semblait que son corps allait exploser.

COCOBOLO

La colle qui le recouvrait se fissura, laissant des tombereaux de sable s'échapper de sa peau. Le goudron qui obstruait ses aisselles se désintégra, et des algues en jaillirent à un rythme effrayant. En moins d'une minute, elles avaient rempli la pièce où il se trouvait. Zheng comprit qu'il devait sortir de chez lui s'il ne voulait pas détruire sa maison. Il courut dehors, où un orage venait d'éclater.

Il s'affala au milieu de la rue, tandis que du sable et des algues continuaient à jaillir de son corps. Les gens qui le voyaient s'enfuyaient en hurlant. Ses pieds de bois explosèrent, et de ses moignons poussèrent des longueurs d'herbe infinies. Son corps se mit à grandir. La pluie et l'herbe se mêlaient au sable pour former des couches et des couches de terre, qui l'enveloppèrent telles des peaux successives. Bientôt, il fut aussi large que la rue, aussi haut que sa maison.

Une foule menaçante se rassembla autour de lui. Zheng se redressa tant bien que mal sur ses moignons herbeux et se mit à courir. Il tomba à nouveau, écrasant une maison sous son poids, se releva et monta péniblement la colline. Ses pas résonnaient comme le tonnerre et creusaient des trous dans la chaussée.

La foule le prit en chasse, bientôt rejointe par des soldats qui lui lançaient des flèches dans le dos. De l'or liquide suintait de ses plaies, ce qui encourageait les gens à l'agresser. Pendant ce temps, Zheng ne cessait de grandir. Il fit bientôt deux fois la largeur de sa rue, trois fois la hauteur de sa maison. Sa forme n'avait plus grand-chose d'humain ; ses bras et ses jambes disparaissaient dans la masse informe de son torse.

Il parvint à atteindre le haut de la rue en se dandinant sur de minuscules tronçons de jambes, qui furent bientôt avalés à leur tour. Sans plus rien pour l'équilibrer, son corps arrondi roula sur l'autre versant de la colline, lentement d'abord, puis de plus en plus vite. En dévalant la pente, Zheng aplatissait tout sur son passage.

Il se précipita dans le port, dévala un dock et plongea dans la mer avec une énorme gerbe d'éclaboussures, formant une vague si grosse que tous les bateaux alentour furent submergés. Il dériva vers le large en continuant de grandir. Son herbe, son sable et ses algues s'étalaient sur l'eau pour former un îlot. Accaparé par sa transformation, il ne vit pas approcher les vaisseaux de guerre de l'empereur. Il ne remarqua leur présence que quand ils lui tirèrent dessus avec des boulets de canon.

La douleur était insoutenable. Son sang teinta la mer d'or dans le soleil. Zheng était persuadé de vivre ses derniers instants, quand il entendit une voix familière.

C'était son père, qui appelait son nom.

Cocobolo progressa péniblement dans la brume avec un grondement de tonnerre, renversant les vaisseaux de l'empereur comme de vulgaires jouets. Zheng sentit quelque chose sous la surface de l'eau, et comprit que son père le tirait vers le large. Lorsqu'ils furent hors de danger, Cocobolo tordit des palmes de cocotier pour catapulter de la terre dans les trous qui constellaient le corps de son fils.

— Merci, lui dit Zheng.

Sa voix n'était plus qu'un grondement sourd, venu on ne sait d'où.

— Je ne mérite pas tant de gentillesse, ajouta-t-il.
— Bien sûr que si ! protesta son père.
— Tu veillais sur moi ? demanda Zheng.
— Oui.
— Depuis toutes ces années ?
— Oui. Je pressentais que tu aurais besoin d'aide, un jour…
— Mais j'ai été cruel avec toi.

Son père resta quelque temps silencieux. Puis il dit simplement :

— Tu es mon fils.

Zheng ne saignait plus, mais il éprouvait une douleur bien pire : une honte incommensurable. Il était habitué à la honte, mais ce sentiment était différent. Il avait honte de la bonté qu'on lui avait témoignée. Honte de la façon dont il avait traité son pauvre père. Mais surtout, il avait honte d'avoir eu honte de lui-même. Et, à cause de cela, d'être devenu ce qu'il était devenu.

— Je suis désolé, père. Je regrette, sanglota-t-il.

Tandis qu'il pleurait, Zheng se sentit grandir encore. Son sable, ses herbes et sa terre s'étiraient vers l'extérieur. Ses algues s'épaississaient pour former une forêt de varech sous-marin. Le récif corallien qui entourait son père se relia à celui qui se formait autour de lui. Alors, en le tirant doucement, Cocobolo l'aîné entraîna le plus jeune vers le large.

CONTES DES PARTICULIERS

— Il y a un endroit magnifique près de Madagascar, où nous pourrons nous détendre en toute sécurité, lui dit-il. Je crois que tu as besoin de repos.

Zheng se laissa faire. Au fil des jours, il commença à éprouver un sentiment merveilleux et entièrement nouveau.

La sensation d'être lui-même.

Les pigeons de Saint-Paul

Note de l'éditeur

L'histoire des pigeons et de leur cathédrale est l'une des plus anciennes du folklore des particuliers, et elle a pris des formes très différentes au fil des siècles. Si les versions les plus connues font jouer aux pigeons le rôle de constructeurs, je trouve que cette variante, dans laquelle ils apparaissent comme des destructeurs, est beaucoup plus intéressante.

utrefois, au temps des particuliers, bien avant qu'on ait construit les tours ou les clochers de Londres, ni aucun autre gratte-ciel comparable en hauteur, tous les pigeons vivaient à la cime des arbres, à l'abri de l'agitation et du vacarme des hommes. Ils n'appréciaient guère les humains, qui sentaient mauvais, produisaient des sons étranges avec leurs bouches et semaient sur la terre un désordre considérable. En revanche, ils étaient friands des choses comestibles qu'ils abandonnaient dans la rue et sur des tas d'ordures.

C'est pourquoi les pigeons restaient volontiers à proximité des hommes. Une dizaine de mètres au-dessus de leurs têtes, c'était parfait.

Mais Londres se mit à grandir – non seulement vers l'extérieur, mais aussi en hauteur – et les humains commencèrent à bâtir des tours de guet et des églises. Voyant que les clochers faisaient intrusion dans ce qu'ils considéraient comme leur domaine, les pigeons organisèrent un grand rassemblement. Plusieurs milliers d'entre eux se retrouvèrent sur une île déserte, au milieu de la Tamise[1], pour décider de l'attitude à adopter vis-à-vis de ces humains et de leurs immeubles de plus en plus hauts. Les pigeons firent des discours, et la question fut soumise à un vote. Un petit groupe proposait de partager l'espace aérien avec les hommes. Une faction encore plus petite suggérait de quitter Londres pour vivre dans un lieu plus paisible. Mais l'immense majorité voulait la guerre.

Bien sûr, les pigeons savaient qu'ils ne pourraient jamais gagner une guerre contre les humains. Ce n'était d'ailleurs pas ce qu'ils souhaitaient : qui leur jetterait des miettes, si les hommes n'étaient plus là ? En revanche, ils étaient experts dans l'art du sabotage, et entamèrent un combat de longue haleine afin d'obliger les humains à se cantonner au ras du sol. Au début, c'était facile, car les

---

1. Connue aujourd'hui sous le nom de l'île Eel Pie, elle a longtemps été un lieu de réunion pour les particuliers. C'était le lieu de prédilection du roi Henri VIII, et au XXe siècle, les hippies, les anarchistes et les musiciens de rock y étaient légion.

hommes construisaient tout en bois et en paille. Quelques braises disposées sur un toit de chaume pouvaient réduire en cendres un bâtiment trop haut. Mais rien ne semblait décourager les humains, qui reconstruisaient obstinément ce que les pigeons avaient détruit. De leur côté, les oiseaux persistaient à incendier toutes les structures dépassant deux étages, à mesure qu'elles s'élevaient du sol.

À la longue, les humains gagnèrent en sagesse et bâtirent leurs immeubles et leurs clochers en pierre, ce qui les rendait plus difficiles à détruire. Les pigeons tentèrent alors de perturber leur construction. Ils piquaient la tête des ouvriers, renversaient les échafaudages et souillaient d'excréments les plans des architectes. Les travaux étaient ralentis, mais cela ne suffisait pas à les interrompre, si bien qu'un jour, une immense cathédrale de pierre s'éleva plus haut que tous les arbres de Londres. Les pigeons la considéraient comme un véritable affront, et sa vue les mettait de très mauvaise humeur.

Heureusement, les Vikings ne tardèrent pas à envahir la ville et à tout détruire. Les pigeons appréciaient beaucoup ces hommes-là, qui ne construisaient pas de grands bâtiments et laissaient des ordures délicieuses un peu partout.

Au bout de quelques années, cependant, les Vikings repartirent et les constructeurs de clochers se remirent au travail. Ils choisirent une colline surplombant le fleuve et y bâtirent une cathédrale massive, qui faisait passer toutes les précédentes pour des naines. Ils la nommèrent Saint-Paul. Les pigeons multiplièrent les tentatives pour la réduire en cendres, en vain, car les humains avaient chargé une petite armée de pompiers de protéger l'édifice.

Furieux, les oiseaux commencèrent à allumer des foyers au voisinage de la cathédrale par des nuits de grand vent, espérant que le feu se répandrait. Au petit matin du 2 septembre 1666, leurs efforts furent récompensés, causant un véritable désastre. Un pigeon du nom de Nesmith incendia une boulangerie située à un demi-mile de Saint-Paul. Alors que l'échoppe se consumait, de violentes rafales poussèrent les flammes vers le haut de la colline, en direction de la cathédrale. L'édifice brûla complètement : les nefs, les clochers, tout ! Après quatre jours de fournaise, la ville elle-même n'était plus qu'une étendue de ruines fumantes. Quatre-vingt-huit églises et plus de dix mille maisons avaient été réduites en cendres.

Les pigeons n'avaient jamais imaginé causer une telle dévastation, et ils le regrettaient sincèrement. Même si les dégâts étaient comparables à l'attaque des Vikings, cette fois, ils en étaient entièrement responsables. Ils organisèrent une réunion et envisagèrent de quitter Londres pour de bon. Certains prétendaient qu'ils ne méritaient plus d'y vivre. Comme le vote ne permit pas de trancher, ils décidèrent de revenir le lendemain, afin de débattre à nouveau. Mais cette nuit-là, il y eut des représailles. Les humains avaient compris que les pigeons étaient responsables de l'incendie, et ils comptaient s'en débarrasser. Ils trempèrent des miettes de pain dans de l'arsenic pour tenter de les empoisonner. Ils coupèrent leurs arbres préférés et détruisirent leurs nids. Ils les chassèrent avec des

LES PIGEONS DE SAINT-PAUL

balais et des bâtons et leur tirèrent dessus avec des mousquets. Voyant cela, les pigeons renoncèrent à quitter la ville. C'était une question de fierté. À la réunion suivante, ils votèrent pour la reprise des combats.

À dater de ce jour, les oiseaux firent tout ce qui était en leur pouvoir pour nuire aux hommes : ils les piquaient, salissaient tout avec leurs excréments et répandaient des maladies. En retour, leurs ennemis redoublèrent de violence.

Les pigeons ne pouvaient guère faire plus qu'agacer les humains. Pourtant, quand ces derniers entreprirent de reconstruire la cathédrale – le symbole même de leur arrogance –, les oiseaux leur déclarèrent une guerre totale. Jour après jour, ils descendirent sur le chantier par milliers, risquant leur vie pour chasser les ouvriers. En dépit du nombre de victimes dans leurs rangs, ils venaient toujours plus nombreux.

Le conflit s'enlisa. Le chantier n'avançait plus, mais les pigeons de Londres payaient un lourd tribut dans cette guerre, qui semblait ne jamais devoir s'achever.

Une année passa. Les pigeons se battaient toujours, et leur nombre ne cessait de diminuer. Les humains, qui reconstruisaient lentement la ville, paraissaient avoir abandonné leur projet de cathédrale. Malgré cela, les violences continuaient. La haine entre les hommes et les pigeons était tenace.

Un jour, les pigeons s'étaient réunis sur leur île, quand une barque accosta. Un homme seul en descendit.

Les oiseaux, inquiets, allaient fondre sur lui quand il leva les bras et cria :

— Je viens en paix !

Ils s'aperçurent très vite que cet homme n'était pas comme les autres. Il était capable de parler leur langage, fait de gazouillements et de roucoulements. Il savait beaucoup de choses sur les oiseaux, surtout sur les oiseaux particuliers, car sa mère était l'un d'eux. Il leur révéla qu'il était un sympathisant de leur cause et affirma qu'il voulait les aider à faire la paix avec les humains.

Les pigeons, surpris, décidèrent de ne pas lui crever les yeux — du moins, pas tout de suite — et le questionnèrent. L'homme se nommait Wren, c'était un architecte. Ses camarades humains lui avaient confié la tâche de reconstruire la cathédrale, là-haut, sur la colline.

— Tu perds ton temps, lui dit Nesmith, le pyromane, devenu chef des pigeons. Nous avons sacrifié trop des nôtres pour empêcher sa construction.

— Rien ne sera construit si nous ne sommes pas en paix, répondit Wren, et la paix ne peut être obtenue que si nous nous mettons d'accord. Je suis venu négocier un arrangement entre mon espèce et la vôtre. En premier lieu, nous reconnaissons que l'air est votre domaine, et nous n'y contruirons rien sans votre permission.

— Et pourquoi vous accorderait-on cette permission ?

— Parce que ce nouvel édifice serait différent de tous les précédents. Il ne serait pas conçu seulement pour l'usage des humains, mais aussi pour le vôtre.

— Que ferait-on de ce bâtiment ? s'esclaffa Nesmith.

— Réfléchis, Nesmith, intervint un autre pigeon. On pourrait se mettre à l'abri du froid et de la pluie, les jours de mauvais temps. On pourrait se percher et pondre nos œufs tout en restant au chaud.

— Avec des humains dans les parages? Certainement pas! rétorqua Nesmith. Ce qu'il nous faut, c'est un endroit rien que pour nous.

— Et si je vous faisais une promesse? suggéra Wren. Je concevrais une cathédrale si haute que les humains n'auraient aucune envie d'utiliser sa moitié supérieure.

Wren ne se contenta pas de promesses. Il revint jour après jour discuter de ses plans avec les pigeons et les modifia pour satisfaire leurs caprices. Ils voulaient toutes sortes de niches et de recoins, des clochers et des arches parfaitement inutiles pour les humains, mais plus cosy que n'importe quel salon pour des oiseaux. Wren acceptait toutes leurs exigences. Il leur promit même qu'ils auraient leur propre entrée, très haut, inaccessible aux créatures sans ailes. En échange, les pigeons s'engagèrent à ne pas perturber les travaux, et une fois que la cathédrale serait construite, à rester silencieux pendant les services religieux, et à ne pas se soulager sur la tête des fidèles.

C'est ainsi qu'un accord historique fut conclu. Les pigeons et les humains mirent fin à leur guerre et recommencèrent à s'agacer mutuellement, comme autrefois. Wren construisit sa cathédrale — leur cathédrale —, un édifice fier et imposant, que plus jamais les oiseaux ne tentèrent de détruire. À vrai dire, ils étaient si fiers de lui qu'ils jurèrent de le protéger — et c'est encore le cas de nos jours. Quand des incendies se déclenchent, ils se précipitent en masse pour éteindre les flammes avec leurs ailes. Ils mettent en fuite les vandales et les voleurs. Pendant la Grande Guerre, des escadrons de pigeons ont détourné des bombes pour éviter qu'elles ne tombent sur Saint-Paul. Sans ses protecteurs ailés, la cathédrale n'existerait plus aujourd'hui, c'est une certitude.

Wren et les pigeons devinrent des amis intimes. Jusqu'à la fin de sa vie, l'architecte le plus renommé d'Angleterre n'alla jamais nulle part sans un pigeon auprès de lui pour le conseiller. Même après sa mort, les oiseaux continuèrent à lui rendre visite dans le pays d'en bas. Aujourd'hui encore, la cathédrale qu'ils ont bâtie ensemble domine Londres, sous le regard attentif et bienveillant des pigeons particuliers.

La fille qui apprivoisait les cauchemars

l était une fois une jeune fille prénommée Lavinia, qui rêvait de devenir médecin comme son père. Son cœur généreux, son esprit vif et son altruisme auraient sans doute fait d'elle un excellent docteur, mais son père, qui voulait la préserver de la déception, l'avait prévenue que c'était impossible. À cette époque, il n'y avait pas un seul médecin de sexe féminin aux États-Unis d'Amérique. Jamais Lavinia ne serait acceptée dans une faculté de médecine.

– Il y a d'autres façons d'aider les gens, lui disait-il. Tu pourrais devenir professeur...

Lavinia détestait ses professeurs. À l'école, pendant que les garçons apprenaient les sciences, on enseignait aux filles le tricot et la cuisine.

Pourtant, elle refusait de se laisser décourager. Elle chapardait les livres de science de ses camarades et les apprenait par cœur. Elle épiait son père par le trou de la serrure pendant qu'il examinait des patients dans son cabinet, et le questionnait sans cesse sur son travail. Elle disséquait des grenouilles qu'elle attrapait dans le jardin pour examiner leurs entrailles. Un jour, s'était-elle promis, elle découvrirait un remède à une maladie. Un jour, elle deviendrait célèbre.

Elle ne pouvait pas imaginer que ce jour viendrait si vite, ni quelle forme prendrait sa célébrité. Son petit frère, Douglas, avait toujours été victime de cauchemars. Depuis quelque temps, son état empirait. Chaque nuit, l'enfant se réveillait en hurlant, convaincu que des monstres allaient le dévorer.

— Il n'y a pas de monstres, lui dit un matin Lavinia, qui tentait de le réconforter. Essaie de penser à des animaux en t'endormant... Ou à Cheeky en train de gambader dans un champ, suggéra-t-elle en caressant l'encolure de leur vieux chien qui somnolait, roulé en boule au pied du lit.

Le lendemain soir, Douglas s'efforça de penser à Cheeky et à des poussins au moment du coucher. Hélas, dans ses rêves, le chien se transforma en monstre qui décapita les poussins, et le petit garçon se réveilla une fois de plus en hurlant.

Craignant que Douglas ne soit malade, le docteur lui examina les oreilles, les yeux et la gorge. Il l'ausculta complètement, à la recherche d'éruptions, mais ne trouva aucun symptôme alarmant.

Quelques jours plus tard, les terreurs nocturnes de Douglas étaient devenues si terribles que Lavinia décida de l'examiner elle-même, au cas où son père aurait manqué quelque chose.

— Tu n'es pas un docteur, protesta le petit garçon. Tu es juste ma sœur.

— Tiens-toi tranquille et fais « ahhhh » !

Elle regarda dans sa gorge, son nez et ses conduits auditifs à l'aide d'une lampe. Tout au fond de ses oreilles, elle aperçut une étrange substance noire. Elle enfonça un doigt dans le conduit, et quand elle le retira, un épais fil noir s'y était enroulé. Lorsqu'elle éloigna la main, un bon mètre de ce fil sortit de l'oreille de Douglas.

— Arrête, ça chatouille ! s'esclaffa-t-il.

Lavinia fit une pelote avec le fil, qui se tortillait légèrement comme s'il était vivant. Puis elle alla la montrer à son père.

— Comme c'est étrange ! murmura-t-il en l'approchant de la lumière.

— Qu'est-ce que c'est ? demanda la jeune fille.

— Je ne sais pas..., avoua le docteur, les sourcils froncés.

Le fil se tortillait pour s'échapper de sa main et rejoindre Lavinia.

— Mais j'ai l'impression qu'il t'aime bien, ajouta-t-il.

— J'ai peut-être fait une découverte ! s'écria-t-elle, tout excitée.

— Ça m'étonnerait, la détrompa le docteur. En tout cas, ce n'est pas à toi de t'en soucier.

Sur ces mots, il lui tapota la tête et rangea le fil dans un tiroir, qu'il ferma à clé.

— J'aimerais bien l'examiner, moi aussi, implora Lavinia.

— C'est l'heure du déjeuner, répliqua son père en la chassant de son cabinet.

Contrariée, la jeune fille regagna sa chambre en traînant des pieds. L'aventure se serait probablement terminée ainsi, s'il n'y avait eu des conséquences étonnantes. Douglas ne fit pas de cauchemar cette nuit-là, ni aucune des suivantes. Le petit garçon était persuadé de devoir sa guérison à sa sœur.

Leur père en était moins sûr. Cependant, quelque temps plus tard, un de ses patients se plaignit d'avoir un sommeil épouvantable, peuplé de cauchemars. Quand tous les remèdes qu'il lui prescrivit se révélèrent inefficaces, le docteur demanda à Lavinia de jeter un coup d'œil dans ses oreilles. La jeune fille, qui n'avait que onze ans et était petite pour son âge, fut obligée de monter sur un tabouret pour s'exécuter.

Effectivement, l'oreille de l'homme était pleine d'une matière noire filandreuse, que le docteur n'avait pas vue. Lavinia y introduisit le petit doigt et parvint à extraire le fil. Il était si long et si bien attaché à l'intérieur de la tête de l'homme qu'elle dut, pour le décrocher, descendre de son tabouret, planter les talons dans le sol, et tirer à deux mains. Quand il céda enfin, elle tomba à la renverse et le patient bascula de la table d'examen.

Le docteur récupéra le fil noir et l'enferma dans son tiroir avec la pelote précédente.

— C'est à moi! protesta Lavinia.

— C'est à lui! objecta son père en aidant l'homme à se relever. Maintenant, va jouer avec ton frère.

LA FILLE QUI APPRIVOISAIT LES CAUCHEMARS

L'homme revint trois jours plus tard. Il n'avait pas fait un seul cauchemar depuis que Lavinia avait retiré le fil de son oreille.

— Votre fille fait des miracles ! déclara-t-il au docteur, en regardant l'intéressée d'un air émerveillé.

La nouvelle du mystérieux talent de Lavinia se répandit comme une traînée de poudre. Les visiteurs commencèrent à affluer devant chez elle. Ils voulaient tous que la jeune fille les débarrasse de leurs cauchemars. Lavinia était folle de joie ; c'était peut-être ainsi qu'elle était censée aider les gens, finalement[1].

Hélas, son père renvoya les gens les uns après les autres sans qu'ils aient obtenu satisfaction. Quand Lavinia lui demanda pourquoi il agissait ainsi, le docteur répondit simplement :

— Ce n'est pas convenable pour une jeune fille d'enfoncer les doigts dans les oreilles d'inconnus.

Lavinia le soupçonnait d'avoir une autre raison, inavouable. Les visiteurs qui demandaient à la voir étaient plus nombreux que les patients du docteur. Son père était jaloux !

Amère et déçue, la jeune fille rongeait son frein. Par chance, quelques semaines plus tard, son père dut

---

1. Il existe de nombreux manipulateurs de rêves dans l'histoire des particuliers, mais un seul possédait le talent de Lavinia, permettant de rendre réelle la substance immatérielle des rêves. Il se nommait Cyrus, et c'était un voleur de rêves agréables : il en avait besoin pour survivre, et devint tristement célèbre lorsqu'il aspira le bonheur de villes entières, nuit après nuit, maison après maison.

partir, appelé par des affaires urgentes. Comme c'était un voyage imprévu, il n'eut pas le temps d'engager de garde d'enfants.

— Promets-moi de ne pas..., dit-il à sa fille, en montrant son oreille.

Il ne savait pas donner de nom à ce qu'elle faisait, et surtout, il n'aimait pas en parler.

— Promis, fit Lavinia en croisant les doigts dans son dos.

Le docteur embrassa ses enfants et partit avec ses valises. Quelques heures seulement après son départ, on frappa à la porte. Lavinia alla ouvrir et découvrit sous le porche une jeune femme à l'allure misérable, pâle comme la mort, les yeux cernés de noir.

— C'est vous qui pouvez me débarrasser de mes cauchemars? demanda-t-elle d'une voix douce.

Lavinia acquiesça et la fit entrer. Comme le bureau de son père était fermé à clé, elle conduisit la jeune femme dans le salon, la fit allonger sur le sofa, et sortit une grande longueur de fil noir de son oreille. Quand ce fut terminé, la jeune femme pleura de reconnaissance. Lavinia lui donna un mouchoir, refusa de se faire payer, et la poussa vers la porte.

Après son départ, elle vit Douglas qui la regardait depuis le couloir.

— Papa t'avait interdit de le faire, dit le petit garçon d'un ton sévère.

— Ce ne sont pas tes affaires, rétorqua-t-elle. Tu ne vas pas rapporter, j'espère!

— Peut-être que si ! dit Douglas, malicieux. Je n'ai pas encore décidé...

— Si tu le dis à papa, je remets ça où je l'ai trouvé.

Elle brandit le fil de cauchemar, et fit semblant de le coller dans l'oreille de Douglas, qui s'enfuit en courant.

Restée seule, Lavinia, qui culpabilisait un peu d'avoir effrayé son frère, vit le fil qu'elle tenait toujours dans la main s'élever vers le plafond. Il ondulait tel un serpent charmé, dans la direction du couloir.

— Qu'est-ce qu'il y a ? lui demanda-t-elle. Tu veux aller quelque part ?

Elle laissa le fil la guider. Au bout du couloir, il indiqua la gauche, où se trouvait le bureau du docteur. Arrivé devant la porte fermée à clé, il montra la serrure. Lavinia le souleva légèrement et le laissa s'y introduire. Quelques instants plus tard, la porte s'ouvrit avec un déclic.

— Ça alors ! Tu es un petit cauchemar drôlement futé, le félicita-t-elle.

Elle se glissa dans la pièce et referma la porte derrière elle. Le fil ressortit de la serrure, avant de tomber dans la main de la jeune fille, puis l'entraîna au fond du cabinet, devant le tiroir où son père avait enfermé ses semblables. Il voulait retrouver ses camarades !

Lavinia chassa un léger sentiment de culpabilité. Après tout, elle ne faisait que reprendre ce qui lui appartenait.

Le fil s'introduisit dans la serrure du tiroir, et bientôt, ce dernier coulissa. En se découvrant mutuellement, le nouveau fil et les anciens se raidirent. Ils se tournèrent autour, se reniflant tels des chiens. Puis, comme s'ils avaient soudain décidé qu'ils étaient amis, ils se mêlèrent pour former une pelote de la taille d'un poing.

Lavinia applaudit en riant. Elle trouvait cela fascinant.

Pendant toute la journée, des gens vinrent sonner à sa porte pour lui demander de l'aide. Une mère tourmentée par des rêves d'un enfant perdu ; de jeunes enfants amenés par leurs parents inquiets ; un vieil homme qui revivait chaque nuit des scènes effroyables d'une guerre dans laquelle il avait combattu un demi-siècle plus tôt.

Lavinia parvint à extraire des dizaines de cauchemars, qu'elle ajouta à la pelote. Au bout de trois jours, celle-ci faisait la taille d'une pastèque. Au bout de six, elle était aussi grosse que leur chien, Cheeky, qui découvrait les dents et grondait chaque fois qu'il la voyait. Quand la pelote gronda en retour, Cheeky fila par une fenêtre ouverte et ne revint pas.

La nuit, Lavinia veillait tard pour étudier la pelote. Elle la tapotait, la picotait et en examinait des portions au microscope. Elle consulta les ouvrages de médecine de son père, y cherchant des allusions à ces fils qui vivaient dans le canal auriculaire, mais n'en trouva aucune. Cela signifiait qu'elle avait fait une découverte scientifique. Peut-être même une découverte capitale !

Surexcitée, Lavinia se voyait déjà ouvrir une clinique où elle utiliserait son talent pour aider les gens. Tout le monde viendrait la voir, les pauvres comme les présidents, et un jour, peut-être, les cauchemars disparaîtraient de la surface de la terre ! Cette pensée la rendait si heureuse qu'elle avait l'impression de flotter sur un petit nuage.

LA FILLE QUI APPRIVOISAIT LES CAUCHEMARS

Quant à Douglas, il faisait son possible pour éviter sa sœur. La pelote le mettait mal à l'aise. Il n'aimait pas cette façon qu'elle avait de frétiller en permanence ; l'odeur d'œuf pourri qui s'en dégageait ; son bourdonnement régulier, impossible à ignorer pendant la nuit, quand il n'y avait pas d'autre bruit dans la maison. Et surtout, elle suivait Lavinia partout en lui mordillant les talons, comme un animal de compagnie. Dans l'escalier, au lit, à la table du dîner, où elle attendait patiemment des miettes, cognant contre la porte des toilettes jusqu'à ce que la jeune fille en sorte[2].

— Tu devrais te débarrasser de ce truc, lui dit son frère. C'est juste des cochonneries qui viennent de la tête des gens.

— J'aime bien avoir Baxter près de moi, répondit-elle.

— Tu lui as donné un nom ! s'étonna Douglas.

Lavinia haussa les épaules.

— Oui, pourquoi pas ? Je le trouve mignon...

La vérité, c'est qu'elle ne savait pas comment se débarrasser du fameux Baxter. Elle avait essayé de l'enfermer dans un coffre pour pouvoir se promener en ville sans qu'il la suive, mais il avait brisé le couvercle. Lorsqu'elle s'était fâchée contre lui, il s'était contenté de faire des petits

---

2. Ce passage a fait couler beaucoup d'encre, car certains y voient la preuve que la pelote de cauchemars est d'origine démoniaque, et que Lavinia elle-même est une sorte d'exorciste des rêves. Personnellement, je trouve cette interprétation ridicule. Les prétendus spécialistes devraient regarder moins de films d'horreur. La pelote a simplement de vilaines manies.

bonds sur place, ravi de l'attention qu'elle lui témoignait. Elle l'avait alors enfermé dans un sac qu'elle avait jeté à la rivière. Baxter avait réussi on ne sait comment à se libérer, et il était revenu le soir même. Il s'était faufilé par la fente de la boîte aux lettres, avait longé le couloir en roulant et sauté sur sa commode, sale et trempé. Finalement, Lavinia s'était dit que donner un nom à cette boule de cauchemars rendrait sa présence un peu moins troublante.

La jeune fille manquait l'école depuis plusieurs jours. Au bout d'une semaine, elle fut bien obligée d'y retourner. Prévoyant que Baxter voudrait la suivre, elle le fourra dans un sac, qu'elle porta en bandoulière. Tant qu'elle le gardait près d'elle, il se tenait tranquille. Ainsi, elle n'aurait pas besoin d'expliquer à ses professeurs et à ses camarades de classe quelle était cette boule qui la suivait partout.

Hélas, Baxter n'était pas son seul problème. La nouvelle du talent de Lavinia était arrivée jusque dans sa classe. Pendant que le professeur regardait ailleurs, un imbécile joufflu du nom de Glen Farcus posa un chapeau de sorcière en papier sur la tête de la jeune fille.

— Je crois que c'est à toi ! lui dit-il, déclenchant l'hilarité générale.

Lavinia déchira le chapeau et jeta les morceaux par terre.
— Je ne suis pas une sorcière ! cria-t-elle. Je suis un docteur !

— Ah ouais ? fit Glen. C'est pour ça qu'on t'envoie tricoter pendant que les garçons vont en cours de sciences ?

Les garçons s'esclaffèrent de plus belle. Ils riaient si fort que le professeur se fâcha et distribua une punition à la classe. Tandis que ses camarades copiaient le dictionnaire en silence, Lavinia ouvrit son sac et glissa quelques mots à Baxter, à voix basse. Une petite portion de fil se détacha, gagna le sol en s'enroulant autour du pied du bureau, traversa la salle, remonta le long de la chaise de Glen Farcus et entra dans son oreille.

Le garçon ne s'aperçut de rien. Personne, d'ailleurs. Jusqu'au lendemain, quand Glen apparut à l'école pâle et tremblant.

— Qu'est-ce qui t'arrive ? se moqua Lavinia. On dirait que tu as mal dormi...

Le garçon ouvrit des yeux ronds. Il demanda la permission de quitter la classe, et on ne le revit pas.

Ce soir-là, Lavinia et Douglas apprirent que leur père reviendrait dès le lendemain. Lavinia comprit qu'elle devait absolument lui cacher l'existence de la pelote de cauchemars, du moins au début. Ayant réussi, par la ruse, à convaincre Baxter de se dérouler, elle employa ses connaissances en tricot pour en faire une paire de chaussettes, qu'elle s'empressa d'enfiler. Leur contact la démangeait atrocement, mais ainsi, son père ne se douterait de rien.

Le docteur revint le lendemain après-midi, couvert de poussière et fatigué par son long voyage. Après avoir serré ses enfants dans ses bras, il envoya Douglas dans sa chambre, afin de discuter en tête à tête avec Lavinia.

— As-tu été sage ? lui demanda-t-il.

Les jambes de la jeune fille se mirent soudain à la démanger atrocement.

— Oui papa, répondit-elle en se grattant un pied avec l'autre.

— Je suis fier de toi ! dit son père. Surtout qu'avant mon départ, je ne t'ai pas donné de bonnes raisons pour t'interdire de te servir de ton talent. J'y ai beaucoup réfléchi, et je crois qu'à présent, je suis capable de t'expliquer…

— Ah bon ? fit Lavinia, distraite.

Elle devait faire appel à toute sa volonté et toute sa concentration pour ne pas arracher ses chaussettes.

— Les cauchemars ne sont pas comme des tumeurs, ou des membres gangrenés. Ils sont désagréables, c'est sûr. Mais parfois, les choses désagréables ont une raison d'être. Peut-être qu'il ne faut pas tous les retirer…

— Tu trouves que les cauchemars sont une bonne chose ? s'étonna Lavinia, qui avait réussi à soulager un peu la démangeaison en se frottant contre le pied d'une chaise.

— Pas forcément, répondit son père. Seulement, je pense que certaines personnes méritent leurs cauchemars, et d'autres non. Or, il me paraît très difficile de distinguer les uns des autres.

— Moi, j'en suis capable ! affirma Lavinia.

— Et si tu te trompes ? insista-t-il. Je sais que tu es très intelligente, Vinni, mais nul n'est infaillible.

— Alors, je n'aurai qu'à les remettre à leur place.

Le docteur parut surpris.

— Tu peux rendre leurs cauchemars aux gens ?

— Oui, je…

Lavinia faillit lui parler de Glen Farcus, mais s'interrompit juste à temps.

— Enfin, je crois...

Son père poussa un profond soupir.

— C'est une responsabilité beaucoup trop lourde pour une enfant de ton âge. Promets-moi que tu n'essaieras plus de soulager les gens de leurs cauchemars avant d'être plus âgée. Beaucoup plus âgée...

Lavinia ne l'écoutait qu'à moitié, tant ses démangeaisons la mettaient au supplice.

— Je te le promets ! dit-elle avant de foncer dans sa chambre.

Enfermée à double tour, elle voulut retirer les chaussettes, sans succès. Baxter aimait être collé à sa peau. La jeune fille avait beau tirer, il refusait de bouger. Elle tenta d'utiliser un coupe-papier en métal, qui se tordit sans qu'elle ait réussi à écarter Baxter de sa cheville.

Finalement, Lavinia gratta une allumette et l'approcha de son pied. Baxter se tortilla en gémissant.

— Ne m'oblige pas à faire ça ! lui dit-elle en rapprochant la flamme.

Contraint et forcé, Baxter se détacha de ses chevilles et reprit sa forme de pelote.

— Vilain ! le gourmanda-t-elle. C'était mal, ce que tu as fait !

Baxter s'aplatit légèrement, penaud.

Lavinia, épuisée, se laissa tomber sur son lit et repensa aux paroles de son père. Il avait raison de dire que retirer les cauchemars des gens était une lourde responsabilité. Baxter était déjà très envahissant. Plus elle soulagerait de personnes, plus il grossirait. Qu'allait-elle faire de lui ?

Soudain, une nouvelle idée jaillit dans son esprit, et elle s'assit brusquement sur son lit. « Certaines personnes méritent leurs cauchemars », avait dit le docteur. Lavinia venait de comprendre qu'elle n'était pas obligée de garder ceux qu'elle récupérait. Elle pouvait jouer les Robin des Bois des rêves, soulageant les gens sympathiques de leurs cauchemars pour les donner aux méchants. L'avantage, c'est qu'elle n'aurait plus à s'encombrer de cette pelote qui la suivait partout...

Trouver les gens bien lui paraissait relativement facile. Les mauvais étaient plus compliqués à identifier. Or, elle ne pouvait pas se permettre la moindre erreur. Ce serait terrible de donner par inadvertance des cauchemars à des personnes irréprochables !

Lavinia dressa alors une liste de tous les méchants qu'elle connaissait. Tout en haut figurait Mme Hennepin, la directrice de l'orphelinat, qui avait la réputation de battre ses protégés avec une cravache. En second venait M. Beatty, le boucher, que tout le monde accusait d'avoir tué sa femme, mais qui n'avait pas été inquiété par la justice. Ensuite, il y avait Jimmy, le chauffeur de bus qui avait écrasé le chien guide d'aveugle de M. Ferguson, un jour où il conduisait sous l'emprise de l'alcool. En ajoutant à ceux-là tous les gens grossiers, ou simplement désagréables, Lavinia pouvait allonger considérablement la liste.

— Baxter, au pied ! s'écria-t-elle.

La pelote s'approcha en roulant.

— J'aimerais que tu m'aides à accomplir un travail très important..., lui confia-t-elle.

Baxter frétilla d'impatience.

Les deux complices se mirent au travail le soir même. Lavinia, tout de noir vêtue, mit Baxter dans son sac. Quand l'horloge égrena les douze coups de minuit, elle sortit furtivement de la maison et sillonna la ville pour distribuer des cauchemars aux gens de la liste les pires aux premiers, et des petits-riquiqui à ceux qui venaient vers la fin. Lavinia arrachait des brins de Baxter et les envoyait rejoindre leurs cibles en rampant dans les gouttières, ou par les fenêtres ouvertes. Au petit matin, elle avait ainsi châtié des dizaines de méchants, et Baxter avait considérablement rétréci. Il faisait à présent la taille d'une pomme et tenait sans difficulté dans sa poche. La jeune fille rentra chez elle épuisée et sombra dans un profond sommeil à l'instant où sa tête toucha l'oreiller.

Lavinia mesura très vite les conséquences de ses actes. Quelques jours plus tard, à l'heure du petit déjeuner, elle trouva son père assis à la table de la cuisine, qui lisait son journal d'un air contrarié. Le docteur lui apprit que Jimmy, le chauffeur de bus, épuisé par le manque de sommeil, avait causé un terrible accident. Le lendemain matin, la nouvelle circula que Mme Hennepin, en proie à une espèce de mal mystérieux, avait plongé plusieurs orphelins dans le coma. Le fait divers suivant concernait M. Beatty, le boucher soupçonné d'avoir tué sa femme. Le malheureux s'était jeté d'un pont.

Rongée par la culpabilité, Lavinia se jura de ne plus utiliser son talent avant d'avoir suffisamment vieilli pour pouvoir se fier à son jugement. Les gens continuaient à venir la trouver, mais elle les renvoyait tous. Même ceux qui essayaient de l'attendrir avec des histoires déchirantes.

— Je ne prends plus de nouveaux patients pour le moment, leur disait-elle. Je suis désolée.

Comme les gens affluaient toujours, elle perdit patience.

— Je me fiche de vos cauchemars ! Allez-vous-en ! criait-elle, avant de leur claquer la porte au nez.

Ce n'était pas vrai, bien sûr. Seulement, ces mots cruels étaient le seul moyen qu'elle avait trouvé pour se protéger des souffrances contagieuses des gens. Elle avait dû blinder son cœur pour ne pas risquer de faire plus de mal que de bien.

Quelques semaines plus tard, alors qu'elle était plus apaisée, elle entendit une nuit frapper à la fenêtre de sa chambre. Elle tira le volet et vit un jeune homme debout sur la pelouse baignée de lune. Elle l'avait déjà congédié plus tôt ce jour-là.

— Je vous ai déjà dit de partir, lui rappela-t-elle par la fenêtre entrouverte.

— Pardonnez-moi, mais je suis désespéré. Si vous ne pouvez pas m'aider, vous connaissez peut-être quelqu'un qui pourrait me débarrasser de mes cauchemars. Je crains qu'ils ne me rendent fou...

Lavinia avait à peine regardé le jeune homme quand elle l'avait envoyé promener, dans l'après-midi. À présent, quelque chose chez lui l'intriguait. Il avait des yeux doux et un visage aimable, mais ses vêtements étaient sales et ses cheveux en bataille, comme s'il avait échappé de justesse à une catastrophe. Bien que la nuit fût chaude, il tremblait de tout son corps.

Lavinia savait qu'elle aurait dû refermer ses volets et le renvoyer. Pourtant, elle eut la faiblesse de l'écouter décrire les horreurs qui peuplaient son sommeil : des démons et des monstres, des succubes et des incubes, des scènes infernales… Le simple fait de les entendre lui donnait la chair de poule, alors qu'elle n'était guère impressionnable. Malgré cela, elle n'avait aucune envie de lui venir en aide : elle ne voulait pas avoir à gérer un nouveau fil de cauchemars. Elle s'en excusa auprès de lui.

— Rentrez chez vous, lui dit-elle. Il est tard. Vos parents vont s'inquiéter.

Le jeune homme fondit en larmes.

— Ça ne risque pas, sanglota-t-il.

— Pourquoi donc ? demanda-t-elle. Sont-ils cruels ? Est-ce qu'ils vous maltraitent ?

— Non. Ils sont morts.

— Morts ! s'exclama Lavinia.

Sa propre mère avait succombé à la scarlatine quand elle était petite, et elle savait comme c'était douloureux de perdre un parent… Alors, perdre les deux ! Elle ne pouvait même pas l'imaginer.

La jeune fille sentit une brèche s'ouvrir dans son armure.

— Je pourrais peut-être le supporter s'ils étaient morts paisiblement, reprit le jeune homme, mais ce n'est pas le cas. Ils ont été assassinés sous mes yeux. C'est depuis ce jour que je fais ces rêves terribles.

Lavinia comprit alors qu'elle allait l'aider. Si elle avait reçu de ce talent pour libérer une seule personne de ses cauchemars, songea-t-elle, c'était ce jeune homme. Et si Baxter redevenait trop gros pour qu'elle puisse le cacher, elle le montrerait à son père et lui avouerait ce qu'elle avait fait. « Il comprendra quand il entendra l'histoire de ce pauvre garçon », se disait-elle.

Elle invita le jeune homme à entrer, l'allongea sur son lit, et entreprit d'extraire une longueur impressionnante de fil noir de son oreille. Il avait plus de cauchemars dans son cerveau que tous les gens qu'elle avait traités jusque-là. Quand elle eut terminé, le fil couvrait tout le sol de sa chambre, formant un tapis frétillant. Le jeune homme la remercia, lui décocha un étrange sourire et fila par la fenêtre, si rapidement qu'il déchira sa chemise sur le montant.

Quand le jour se leva, une heure plus tard, Lavinia s'interrogeait toujours sur ce sourire. Le nouveau fil de cauchemars n'avait pas encore fini de former une pelote et Baxter, à qui il inspirait une peur bleue, s'était recroquevillé dans sa poche.

Le docteur appela ses enfants pour le petit déjeuner. Lavinia comprit alors qu'elle n'était pas prête à lui avouer ce qu'elle avait fait. La nuit avait été longue, et elle avait d'abord besoin de manger quelque chose. Elle poussa le fil sous son lit, ferma la porte de sa chambre à clé et gagna la cuisine.

Son père était assis à table, absorbé par son journal.

— C'est affreux ! marmonna-t-il en secouant la tête.

— Que s'est-il passé ? voulut savoir Lavinia.

Le docteur posa le journal.

— C'est un crime tellement odieux que j'hésite à t'en parler. Mais il s'est produit près d'ici, et j'imagine que tu l'apprendrais tôt ou tard. Il y a quelques semaines, un homme et sa femme ont été assassinés sauvagement...

Ainsi, le jeune homme lui avait dit la vérité...

— Oui, j'en ai entendu parler, avoua Lavinia.

— Ce n'est pas le pire, reprit son père. Il semblerait que la police ait enfin identifié un suspect. C'est le fils adoptif du couple, et il est activement recherché.

La jeune fille fut prise de vertige.

— Qu'est-ce que tu viens de dire ?

— Regarde toi-même.

Le docteur fit glisser le journal sur la table. Lavinia y découvrit un portrait flou du jeune homme qui était dans sa chambre quelques heures plus tôt. Elle se laissa retomber lourdement sur sa chaise et s'accrocha à la table.

— Tu ne te sens pas bien ? s'inquiéta son père.

Avant que la jeune fille ait pu répondre, un bruit sourd fit trembler la maison. Lavinia s'aperçut avec effroi que ce vacarme provenait de sa chambre. La pelote de cauchemars avait fini de se former, et elle voulait être près d'elle.

Une nouvelle déflagration fit trembler les murs.

— Douglas, à quoi tu joues ? cria le docteur.

Au même instant, le jeune garçon entra dans la cuisine en pyjama.

— Je suis là, dit-il. C'est quoi, ce bruit ?

Lavinia se précipita dans sa chambre. La pelote lui arrivait à la taille. Elle était aussi large que l'embrasure de la porte, et très agressive. Elle se mit à tourner autour de la jeune fille en grondant, comme si elle voulait la dévorer. Quand le docteur arriva à son tour, le nouveau Baxter se jeta sur lui. Lavinia tendit une main et saisit le fil in extremis. En tirant de toutes ses forces, elle parvint à retenir la créature.

Elle fit rentrer le nouveau Baxter dans sa chambre et claqua la porte. Le cœur battant à tout rompre, elle le regarda manger sa chaise de bureau, laissant un tas de copeaux de bois dans son sillage.

La situation était critique. Non seulement ce nouveau Baxter se comportait comme un chien enragé – il était fait des cauchemars d'un assassin à l'âme scélérate, et non des rêves d'un enfant innocent. Mais en plus, le meurtrier était en fuite et libéré de toutes ses peurs et inhibitions. S'il tuait à nouveau, ce serait en partie de la faute de Lavinia. Elle ne pouvait pas jeter ses cauchemars au feu pour s'en débarrasser. Elle devait les remettre dans l'oreille de l'assassin.

Cette perspective la terrifiait. Comment allait-elle retrouver le jeune homme ? Et quand elle serait face à lui, qu'est-ce qui l'empêcherait de la tuer, elle aussi ? Elle ignorait tout cela. Elle savait juste qu'elle n'avait pas le choix.

Elle tira une poignée de fil du nouveau Baxter et l'entoura autour de son bras comme une laisse. Puis elle traîna la pelote jusqu'à la fenêtre et sortit de la même manière que le jeune homme. Sur la pelouse, il y avait un morceau de sa chemise déchirée. Elle le ramassa et le fit renifler à la créature.

— Retrouve-le, et tu pourras le dévorer ! dit-elle.

Le résultat fut instantané. Le nouveau Baxter faillit lui arracher le bras en tirant sur sa laisse. Il l'entraîna à toute vitesse à travers le jardin, puis sur la route.

Ils suivirent la piste du jeune homme pendant toute la journée, d'abord dans la ville, puis sur une route de campagne, au milieu de nulle part. Au moment où le soleil se couchait, ils arrivèrent enfin devant une grande bâtisse isolée : l'orphelinat de Mme Hennepin.

De la fumée s'échappait des fenêtres. Le bâtiment était en feu !

Lavinia entendit des cris de l'autre côté. Elle s'y précipita, suivie du nouveau Baxter. Derrière une fenêtre du premier étage, elle aperçut cinq orphelins qui suffoquaient au milieu de la fumée. En dessous, au ras du sol, le jeune homme riait.

— Qu'est-ce que vous avez fait ! s'écria Lavinia.

— C'est dans cette maison des horreurs que j'ai passé mon enfance, répliqua-t-il. Maintenant, je fais disparaître mes cauchemars. Un peu comme toi, en fait…

La pelote tirait sur son bras. Lavinia la libéra.

— À l'attaque ! ordonna-t-elle.

À ces mots, le nouveau Baxter fonça vers l'assassin. Mais au lieu de le dévorer, il lui sauta dans les bras et lui lécha le visage.

— Salut mon vieux copain, fit le jeune homme. Je n'ai pas le temps de jouer pour l'instant, mais tiens… Va chercher !

Il ramassa un bâton qu'il lança dans le bâtiment en feu. Le nouveau Baxter s'élança pour le rattraper. Un instant plus tard, on entendit un hurlement déchirant. La créature se consumait dans les flammes.

Se retrouvant sans défense, Lavinia voulut partir en courant, mais le jeune homme la rattrapa. Il la jeta à terre et referma les mains autour de sa gorge.

— Tu vas mourir, lui annonça-t-il calmement. Je te suis très reconnaissant de m'avoir débarrassé de mes cauchemars, mais je ne peux pas te laisser en vie alors que tu complotes contre moi.

Lavinia luttait désespérément pour reprendre son souffle. Elle sentait la fin approcher, quand quelque chose remua dans sa poche. C'était le vieux Baxter !

Elle le récupéra et l'enfonça de toutes ses forces dans l'oreille de l'assassin. Le jeune homme lâcha sa gorge pour farfouiller dans son conduit auditif, mais c'était trop tard. Le vieux Baxter s'était déjà faufilé dans sa tête.

L'assassin avait le regard fixé dans le lointain, comme s'il essayait de lire un texte qu'il était le seul à voir. Lavinia avait beau se débattre, elle était toujours prisonnière de son étreinte.

Le jeune homme la regarda et sourit.

— Un clown, quelques araignées géantes et un croquemitaine sous le lit…

Il éclata de rire.

— Ce sont des rêves d'enfant. Comme c'est mignon !

Et il recommença à l'étrangler.

Lavinia lui balança un coup de genou dans l'estomac. Il ôta ses mains de sa gorge et serra le poing. Avant qu'il ait pu la frapper, elle cria :

— Baxter, au pied !

À ces mots, Baxter — ce bon vieux Baxter — sortit violemment de la tête du jeune homme, s'échappant simultanément par ses oreilles, ses yeux et sa bouche, accompagné d'un flot de sang écarlate. L'assassin tomba à la renverse en gargouillant, et Lavinia se releva.

Les enfants appelaient toujours au secours.

Rassemblant son courage, la jeune fille entra dans la maison en flammes. Elle toussa lorsque l'épaisse fumée emplit ses poumons. Mme Hennepin gisait, morte, sur le sol du salon, une paire de ciseaux enfoncée dans les yeux.

La porte de la cage d'escalier était bloquée par une armoire, sans doute un acte malveillant du jeune homme.

— Baxter, aide-moi ! Pousse ! cria Lavinia.

Avec son aide, elle réussit à écarter l'armoire et ouvrir la porte. Elle se rua alors dans l'escalier et transporta les enfants en lieu sûr, l'un après l'autre, en leur couvrant les yeux lorsqu'ils passaient devant Mme Hennepin. Quand ils furent tous sains et saufs sur la pelouse, la jeune fille perdit connaissance, couverte de brûlures et à moitié asphyxiée.

Elle se réveilla quelques jours plus tard dans un lit d'hôpital. Son père et son frère étaient penchés sur elle.

— On est tellement fiers de toi, lui dit le docteur. Tu es une héroïne, Vinni !

Ils avaient des milliers de questions à lui poser – ça se voyait sur leurs visages –, mais ils se retenaient de l'interroger pour ne pas la fatiguer.

– Tu te débattais et tu gémissais dans ton sommeil, lui confia Douglas. Je crois bien que tu faisais un cauchemar…

C'était effectivement le cas, et cela continua pendant des années. Lavinia aurait pu facilement fouiller dans son oreille pour en extraire ses mauvais rêves, mais elle n'y songea même pas. Elle se consacra à l'étude de l'esprit humain et devint l'un des tout premiers docteurs en psychologie femmes des États-Unis d'Amérique. Elle fonda un établissement qui connut un grand succès et vint en aide à de nombreux malades. Si elle soupçonnait parfois qu'un fil de cauchemars rôdait dans l'oreille de ses patients, elle ne se servit jamais de son talent pour les en débarrasser. Elle s'était convaincue entre-temps qu'il existait de meilleurs moyens.

Note de l'éditeur

Cette histoire est atypique pour plusieurs raisons, mais surtout à cause de sa fin. Le rythme et les images du dernier acte paraissent résolument modernes, et je suppose que c'est parce qu'elle a été bricolée à partir d'un passé récent. J'ai trouvé une autre fin, plus ancienne, dans laquelle le fil de cauchemars que Lavinia retire de l'oreille du jeune homme l'enveloppe, telles les chaussettes qu'elle tricote plus tôt dans le conte. Incapable de se débarrasser de cette seconde peau frémissante,

LA FILLE QUI APPRIVOISAIT LES CAUCHEMARS

la jeune fille, devenue un cauchemar ambulant, s'isole à l'écart de la société. C'est un sort tragique et injuste, et je comprends qu'un conteur de notre époque ait choisi d'inventer une nouvelle fin, plus réjouissante.
Quelle que soit la conclusion que vous préférez, la morale est plus ou moins la même, et elle aussi est inhabituelle. Elle prévient les enfants particuliers que certains talents sont trop complexes et trop dangereux pour qu'on les utilise. En d'autres termes, ce n'est pas parce qu'on naît avec un talent qu'on est obligé de l'utiliser. Dans certains cas, rares, on se doit même de ne pas le faire.
C'est une leçon assez démoralisante. Aucun enfant particulier n'a envie d'entendre que son talent est en réalité une malédiction. C'est probablement pour cette raison que notre directrice, Miss Peregrine, réservait ce conte aux enfants les plus âgés.

M. N.

Le criquet

l était une fois un jeune Norvégien courageux prénommé Edvard, qui était parti chercher fortune en Amérique. À cette époque-là, seul le tiers oriental du pays avait été colonisé par les Européens. La plupart des terres de l'Ouest appartenaient encore aux peuples qui l'arpentaient depuis la dernière période glaciaire. Les plaines fertiles du centre, qu'on appelait alors le «far west», étaient un espace sauvage plein de promesses, mais aussi plein de dangers. C'est là qu'Edvard s'installa.

Le jeune homme avait vendu tout ce qu'il possédait en Norvège. Avec l'argent ainsi obtenu, il avait acheté un terrain dans le Territoire du Dakota, une région où vivaient déjà d'autres immigrés norvégiens.

Edvard bâtit une maison toute simple. Au bout de plusieurs années d'un dur labeur, quand sa petite ferme commença à prospérer, ses amis lui conseillèrent de trouver une femme et de fonder une famille.

— Tu es un jeune gars costaud, lui disaient-ils. C'est dans l'ordre des choses!

Mais Edvard résistait. Il aimait tant sa ferme que celle-ci occupait toute la place dans son cœur. Il n'était pas sûr de pouvoir chérir aussi une femme. Depuis toujours, il considérait l'amour comme un sentiment encombrant, qui risquait de compromettre des projets plus importants. Plus jeune, quand il vivait encore en Norvège, Edvard avait vu son meilleur ami renoncer à une vie d'aventurier parce qu'il était tombé amoureux d'une fille qui refusait de quitter sa famille. On ne pouvait pas gagner d'argent dans leur vieux pays, et désormais, son vieil ami avait une femme et des enfants qu'il arrivait à peine à nourrir. Il était condamné à une vie d'ennui et de privations – tout cela à cause d'un amour de jeunesse.

Le destin plaça pourtant sur le chemin d'Edvard une jeune fille dont il tomba amoureux. Constatant qu'il était capable d'aimer à la fois sa ferme et une femme, il l'épousa.

Le jeune homme nageait dans le bonheur, au point que son cœur lui semblait tout près d'exploser. Aussi, quand sa femme le pria de lui donner un enfant, il commença par résister. Comment aurait-il pu aimer une ferme, une femme et un enfant ?

Lorsque son épouse tomba finalement enceinte, il fut surpris de la joie qu'il éprouvait, et se mit à attendre la naissance avec impatience.

Neuf mois plus tard, un petit garçon vint au monde. Hélas, l'accouchement avait été si difficile qu'il laissa la femme d'Edvard faible et souffrante. Le bébé aussi avait

LE CRIQUET

un problème : son cœur était trop gros et lui déformait un côté de la poitrine.

— Survivra-t-il ? demanda Edvard au docteur.

— Le temps nous le dira...

Edvard, qui n'était pas satisfait de cette réponse, emmena son enfant voir le vieil Erick, un guérisseur qui jouissait d'une réputation d'homme sage. Ce dernier avait à peine posé les mains sur le bébé qu'il ouvrit des yeux ronds.

— Cet enfant est particulier ! s'exclama-t-il.

— C'est ce que m'a dit le docteur, confirma Edvard. Il a le cœur trop gros.

— Ce n'est pas la seule chose... Il possède aussi un talent très spécial, qui pourrait ne pas se manifester avant de nombreuses années[1]...

— Vivra-t-il ? s'enquit Edvard.

— Le temps nous le dira.

L'enfant survécut, mais sa mère s'affaiblit de jour en jour et mourut peu après. Au début, Edvard crut devenir fou de chagrin. Puis sa tristesse céda la place à la colère. Il s'en voulait d'avoir laissé l'amour contrarier ses plans. Maintenant, il avait une ferme à entretenir, et il devait en plus s'occuper seul d'un enfant en bas âge. Il en voulait aussi à son fils : il lui reprochait d'être étrange et délicat,

---

1. Comment Erick a-t-il su que l'enfant était particulier, alors qu'il a simplement posé les mains sur lui ? Il est possible qu'il ait été lui-même particulier, et que son talent ait consisté à détecter les particularités chez les autres, même lorsque celles-ci n'étaient encore qu'en germe.

mais surtout d'avoir tué sa mère en venant au monde. Il savait que ce n'était pas de la faute du bébé, bien sûr, et qu'il était stupide de réagir ainsi. Seulement, c'était plus fort que lui. Tout l'amour qu'il avait inconsidérément laissé s'épanouir s'était changé en amertume. À présent, ce sentiment était là, logé en lui comme un calcul biliaire dont il ne savait comment se débarrasser.

Edvard prénomma son fils Ollie et l'éleva seul. Il l'envoya à l'école, où l'enfant apprit l'anglais et d'autres matières auxquelles son père ne connaissait rien. Par certains aspects, Ollie ressemblait à Edvard. Il travaillait aussi dur que lui, s'échinant à ses côtés dans les champs avant de partir pour l'école et dès son retour, sans jamais se plaindre.

Cependant, Edvard considérait le garçon comme un étranger. Il parlait norvégien avec un accent américain, et semblait croire que la vie ne lui réservait que de bonnes surprises, une façon très américaine de voir les choses. Mais le pire, c'était qu'il succombait régulièrement aux élans de son cœur démesuré. Il tombait amoureux en un clin d'œil. À l'âge de sept ans, il avait déjà demandé en mariage une camarade de classe, une voisine, et la jeune femme qui jouait de l'orgue à l'église, de quinze ans son aînée. Si d'aventure un oiseau se blessait, Ollie pleurait pendant des jours. Quand il comprit que la viande qu'il trouvait dans son assiette venait des animaux, il refusa d'en manger.

Les véritables problèmes entre Ollie et son père commencèrent l'année de ses quatorze ans – l'année des

LE CRIQUET

criquets. Personne dans le Dakota n'avait encore jamais vu une chose pareille. Des nuées d'insectes masquaient le soleil sur des kilomètres à la ronde, telle une malédiction divine. Les gens ne pouvaient pas marcher dehors sans en écraser des centaines. Les criquets dévoraient tout ce qui était vert. Quand il n'y eut plus d'herbe, ils s'attaquèrent au maïs, puis au blé. Ils mangèrent ensuite le bois, les fibres et le cuir, ainsi que les toits de chaume. Ils dépouillèrent les brebis de leur laine dans les prés. Une pauvre âme se retrouva prise dans une nuée d'insectes et vit ses vêtements dévorés sur son dos[2].

Ce fléau menaçait de famine les colons du far west, qui firent tout leur possible pour détruire les insectes. Ils employèrent le feu, la fumée et le poison pour les chasser. Ils poussèrent sur le sol de gros rouleaux de pierre pour les écraser.

La ville dont dépendait la ferme d'Edvard ordonna à tous les habitants âgés de plus de dix ans d'apporter quinze kilos de criquets morts chaque semaine à la décharge publique, sous peine d'amende. Edvard s'attela à la tâche avec enthousiasme, mais Ollie refusa de tuer un seul insecte. Quand il sortait de la maison, il traînait des pieds pour être sûr de ne pas en écraser un par mégarde. Son père était furieux.

---

2. Des invasions exceptionnelles de criquets frappèrent l'Ouest américain aux XVIIIe et XIXe siècles. La plus importante jamais recensée eut lieu en 1875, quand un essaim de plus de douze milliards de sauterelles, couvrant une zone plus vaste que la Californie, dévasta les plaines du far west.

— Ils dévorent nos récoltes ! criait-il. Ils sabotent notre ferme !

— Ils ont faim, c'est tout, répondait son fils. Ils ne nous font pas de mal volontairement. C'est injuste de les tuer.

— La justice n'a rien à voir là-dedans, protesta Edvard, qui faisait de gros efforts pour se calmer. Quelquefois, dans la vie, il faut tuer pour survivre.

— Pas cette fois, affirma Ollie. Jusqu'à maintenant, ça n'a servi à rien de tuer les criquets.

Edvard était à court d'arguments. Il montra un insecte à son fils.

— Écrase-le immédiatement ! ordonna-t-il, le visage écarlate.

— Non ! refusa Ollie.

Edvard blêmit. Il gifla son fils, mais celui-ci persista dans son refus. Alors, Edvard frappa l'adolescent avec sa ceinture et l'envoya dans sa chambre sans dîner. Pendant qu'Ollie sanglotait de l'autre côté du mur, son père vit par la fenêtre une nuée de criquets s'envoler de ses prés dévastés, et sentit son cœur se durcir.

La nouvelle qu'Ollie avait refusé de tuer des criquets circula parmi les colons, et les gens prirent le garçon en grippe. La ville infligea une amende à Edvard. Les camarades de classe d'Ollie l'acculèrent dans un coin et tentèrent de lui faire avaler un insecte. Des gens qu'il connaissait à peine l'insultaient dans la rue. Son père était si furieux et embarrassé qu'il cessa de lui adresser la parole. Peu à peu, Ollie se retrouva sans ami et sans personne à qui parler. Le garçon souffrait tant de la solitude qu'il décida d'adopter un animal.

Il jeta son dévolu sur la seule créature vivante qui tolérait sa présence : un criquet. Il nomma l'insecte Thor, comme le dieu de la mythologie nordique, et le cacha sous son lit dans une boîte à cigares. Ollie le nourrissait des restes de ses repas et d'eau sucrée, et lui parlait, tard le soir, quand il était censé dormir.

— Ce n'est pas de ta faute si tout le monde te déteste, lui chuchota-t-il un jour. Tu te contentes de faire ce pour quoi tu es fait…

— Crii-crii ! répondit le criquet en se frottant les ailes.

— Chut ! fit Ollie.

Il versa quelques grains de riz dans la boîte, puis la referma.

Ollie se mit à transporter Thor partout où il allait. Il s'était pris d'affection pour la petite créature, qui se perchait sur son épaule et craquetait quand le soleil brillait, sautait ici et là joyeusement quand le garçon sifflait une chanson. Hélas, un jour, Edvard découvrit la boîte de Thor. Fou de rage, il emporta le criquet jusqu'à la cheminée et le jeta dans les flammes. On entendit un gémissement suraigu, puis un léger « pop », et Thor rendit l'âme.

Quand Ollie se lamenta sur la mort de son ami, Edvard le jeta dehors à coups de pied.

— Personne ne pleure un criquet chez moi ! cria-t-il.

Ollie passa la nuit à grelotter dans les champs. Le lendemain matin, Edvard, qui s'en voulait d'avoir été aussi dur, sortit chercher le garçon. À la place de son fils, il trouva un criquet géant qui dormait entre des rangées de blé dévasté. Edvard recula, pris de dégoût. La créature était aussi grosse qu'un dogue allemand, avec des cuisses semblables à des jambons de Noël et des antennes longues comme des cravaches.

Edvard courut chercher son fusil, mais quand il revint pour tuer la créature, les autres criquets se massèrent autour de lui. Ils entrèrent dans le canon du fusil, qu'ils bouchèrent. Puis ils tourbillonnèrent dans l'air avant de se diviser pour former les lettres du mot OLLIE.

Surpris, Edvard lâcha son arme et regarda le criquet géant, qui s'était dressé sur ses pattes arrière comme un être humain. Il avait les yeux bleus, pareils à ceux d'Ollie.

— Non, lâcha-t-il. Ce n'est pas possible !

Edvard remarqua alors le col déchiré de la chemise de son fils autour de la créature, et une jambe de son pantalon, restée attachée à sa patte.

— Ollie ? dit-il avec hésitation. C'est toi ?

L'insecte leva et baissa la tête, comme pour acquiescer.

Edvard sentit sa peau le picoter d'effroi. Son fils s'était transformé en criquet.

— Tu peux parler ? lui demanda-t-il.

Ollie frotta ses pattes arrière l'une contre l'autre et produisit un son aigu. Apparemment, c'était tout ce qu'il pouvait faire.

Edvard ne savait comment réagir. La seule vue d'Ollie le dégoûtait, mais c'était quand même son fils...

Au lieu d'appeler le docteur, qui était une vraie pipelette, il alla trouver le sage Erick.

LE CRIQUET

Ce dernier vint en boitant dans le pré pour voir le criquet géant. Passé le choc, il soupira :

— C'est exactement ce que j'avais prédit. Cela a pris plusieurs années, mais son trait particulier a fini par se manifester...

— Oui, on dirait bien, fit Edvard. Mais pourquoi ? Et comment revenir en arrière ?

Erick consulta un vieil ouvrage en piteux état – un *Manuel des états particuliers* que l'on se transmettait de génération en génération dans sa famille[3].

— Ah, voilà ! fit-il soudain. « Lorsqu'une personne qui possède ce talent particulier et un cœur généreux ne se sent plus aimée par ceux de son espèce, elle prend la forme de la créature dont elle est la plus proche. »

Erick lança à Edvard un regard inquisiteur qui l'emplit de honte.

— Le garçon avait-il un ami criquet ?

— Un animal de compagnie, oui, admit Edvard. Je l'ai jeté au feu.

Erick fit claquer sa langue et secoua la tête.

— Tu as peut-être été un peu dur avec lui...

— Il est trop tendre pour ce monde, grommela Edvard. Enfin, qu'importe ! Comment fait-on pour le réparer ?

---

3. Il s'agit probablement de *Vitaligis Peculiaris*, un livre médical rédigé en latin par un charlatan d'autrefois. Il donne certains conseils assez judicieux, mais la plupart sont de simples élucubrations ; le problème étant de démêler le vrai du faux.

— Je n'ai pas besoin d'un livre pour te répondre, dit Erick en fermant l'ouvrage. Il faut que tu l'aimes, Edvard.

Sur ces mots, Erick souhaita bonne chance au fermier et partit, le laissant seul avec son fils.

Edvard fixa les longues ailes parcheminées du criquet géant, puis ses affreuses mandibules, et il frissonna. Comment allait-il pouvoir aimer une chose pareille ?

Il fit quand même une tentative, mais comme il était plein de ressentiment, ses efforts ne servirent à rien. Au lieu de témoigner de la tendresse à son fils, Edvard passa la journée à lui faire des remontrances.

— Est-ce que je ne t'aime pas ? Est-ce que je ne te nourris pas ? Est-ce que tu n'as pas un toit où dormir grâce à moi ? Moi qui ai dû arrêter l'école à huit ans pour travailler, je t'ai laissé te plonger dans les livres et le travail scolaire jusqu'à plus soif. Si ce n'est pas de l'amour, ça, je voudrais bien savoir comment ça s'appelle ! Qu'est-ce qu'il te faudrait de plus, espèce de petit Américain privilégié ?

Et ainsi de suite...

Quand la nuit tomba, Edvard ne put se résoudre à faire entrer Ollie dans la maison. Il lui arrangea un coin pour dormir dans la grange et lui laissa quelques restes de son dîner dans un seau, en guise de repas. « Vivre à la dure, ça forge le caractère », songeait Edvard. Il était convaincu que témoigner de la tendresse à Ollie ne ferait qu'encourager sa faiblesse de caractère, celle-là même qui était responsable de sa métamorphose.

LE CRIQUET

Le lendemain matin, Ollie avait disparu. Edvard fouilla la grange de fond en comble, puis le moindre sillon de ses champs, en vain. Le garçon était introuvable.

Comme son fils n'était toujours pas revenu au bout de trois jours, Edvard commença à se demander s'il n'avait pas commis d'erreur de jugement. Il s'était accroché à ses principes, mais pour quel résultat ? Il avait fait fuir son fils unique. Maintenant qu'Ollie était parti, Edvard comprenait qu'il était beaucoup moins attaché à sa ferme qu'à son enfant. Hélas, c'était une leçon qu'il avait apprise trop tard.

Edvard était si malheureux qu'il alla en ville et raconta à tout le monde ce qui s'était passé.

— J'ai transformé mon fils en criquet, disait-il, et j'ai tout perdu...

Comme personne ne voulait le croire, il demanda au vieil Erick de confirmer ses dires.

— C'est vrai, répétait Erick à tous ceux qui l'interrogeaient. Son fils est un énorme criquet, gros comme un chien...

Edvard fit alors une proposition à ses concitoyens.

— Mon cœur ressemble à une vieille pomme flétrie, leur avoua-t-il. Je suis incapable d'aider mon fils, mais si l'un de vous pouvait l'aimer assez pour qu'il se change à nouveau en garçon, je lui donnerais ma ferme.

Cette annonce excita considérablement les gens. Pour une telle récompense, ils se sentaient capables d'aimer à peu près n'importe quoi. Bien sûr, il fallait d'abord qu'ils retrouvent le garçon-criquet. Ils se lancèrent dans des battues, passant les routes et les prés au peigne fin.

Ollie, qui avait l'ouïe ultrafine, ne perdit pas une miette de ce remue-ménage. Il entendit son père parler de lui, puis les pas lourds des gens qui le cherchaient. Ne voulant rien avoir à faire avec eux, il se cacha dans le champ d'une ferme voisine avec ses nouveaux amis criquets. Chaque fois que quelqu'un approchait, une nuée d'insectes fondait sur l'intrus, formant un mur qui permettait à Ollie de se sauver. Cependant, au bout de quelques jours, les criquets, qui n'avaient plus rien à manger, s'envolèrent vers d'autres cieux. Ollie voulut les accompagner, mais il était trop gros et trop lourd pour voler. Comme les criquets ne sont pas des créatures sentimentales, aucun ne resta pour lui tenir compagnie, et Ollie se retrouva une nouvelle fois seul.

Sans amis pour l'aider ou le protéger, il ne tarda pas à se faire repérer par une bande de garçons, qui profitèrent de son sommeil pour le capturer dans un filet. C'étaient les mêmes qui l'avaient tourmenté à l'école. Le plus âgé balança Ollie sur son épaule, et la bande regagna la ville en jubilant.

— On va le transformer en garçon, et la ferme d'Edvard sera à nous ! claironnaient-ils. On va devenir riches !

Ils ramenèrent Ollie chez eux, l'enfermèrent dans une cage et attendirent. Au bout d'une semaine, voyant que le criquet ne changeait toujours pas de forme, ils essayèrent une autre tactique.

— Dites-lui que vous l'aimez, suggéra la mère des garçons.

LE CRIQUET

— Je t'aime ! cria le plus jeune à travers les barreaux.

Il avait à peine prononcé ces mots qu'il éclata de rire.

— Essaie au moins de garder ton sérieux, lui conseilla son frère aîné.

Il fit une tentative, lui aussi :

— Je t'aime, sauterelle !

Mais Ollie ne les écoutait pas. Il somnolait, blotti dans un coin.

— Hé, je te parle ! cria le garçon en donnant un coup de pied dans la cage. Je t'aime !

Évidemment, ce n'était pas vrai, et il ne pouvait pas se forcer.

Quand Ollie se mit à striduler toute la nuit, la famille le vendit à un voisin : un vieux chasseur célibataire, qui n'avait aucune expérience dans les affaires du cœur. Après quelques vagues tentatives pour témoigner de l'amour au criquet géant, il l'envoya vivre avec ses chiens de chasse.

Ollie préférait de loin la compagnie des chiens à celle des hommes. Il mangeait avec la meute et dormait à ses côtés dans le chenil. Il était si doux et gentil que les chiens surmontèrent vite la peur qu'il leur inspirait et s'habituèrent à lui. En fait, Ollie se sentait tellement bien accepté qu'un jour, le chasseur s'aperçut que le criquet était devenu un chien.

Les mois qu'Ollie passa dans un corps de chien furent les plus heureux de sa vie.

Puis vint la saison de la chasse. Le premier jour, le chasseur conduisit la meute dans un champ. Il cria un ordre aux chiens, qui se mirent à courir en aboyant dans les hautes herbes. Ollie les imita en faisant tout le vacarme qu'il pouvait. Il s'amusait beaucoup ! Jusqu'au moment où il trébucha sur une oie couchée dans l'herbe. L'oiseau battit des ailes et s'envola. Presque aussitôt, une détonation retentit et l'oie retomba au sol, morte. Ollie fixa son cadavre avec effroi. Un instant plus tard, un autre chien arriva à ses côtés.

— Qu'est-ce que tu attends ? demanda-t-il. Tu ne vas pas la rapporter au maître ?

— Bien sûr que non ! répondit Ollie.

— Comme tu voudras, fit le chien. Mais si le maître s'en aperçoit, il te tuera d'un coup de fusil.

Sur ces mots, il saisit l'oie morte entre ses mâchoires et s'éloigna en trottant.

Le lendemain matin, Ollie était parti. Il s'était enfui avec les oies sauvages, suivant leur migration en courant au ras du sol.

Quand Edvard apprit que son fils avait été retrouvé, puis à nouveau perdu, il sombra dans un profond désespoir. Son état inquiéta tous ceux qui le connaissaient ; on craignait qu'il ne s'en remette jamais. Edvard ne sortait plus de chez lui, laissait ses champs en friche… Si le vieil Erick ne lui avait pas apporté à manger une fois par semaine, il serait probablement mort de faim.

Mais comme l'invasion des criquets, le temps de l'accablement passa, et Edvard recommença à s'occuper de sa ferme. Il vendait ses produits au marché de la ville et fréquentait l'église le dimanche. Finalement, il retomba amoureux et se remaria. Le couple eut un enfant : une fille qu'ils prénommèrent Asgard.

Edvard était déterminé à aimer Asgard comme il n'avait pas su aimer Ollie. Il laissa la fillette se prendre d'amitié pour les animaux perdus et pleurer sur des choses insignifiantes. Jamais il ne la réprimanda lorsqu'elle faisait preuve de gentillesse. Quand elle eut huit ans, Edvard connut une saison difficile à la ferme. Les récoltes étaient désastreuses, et la famille n'avait plus que des navets à manger.

Un jour, alors qu'un vol d'oies sauvages passait au-dessus de la ferme, l'une d'elles quitta ses semblables et vint se poser près de la maison d'Edvard. Elle faisait presque deux fois la taille d'une oie normale, et n'était pas craintive. Edvard put s'en approcher suffisamment pour l'attraper.

— Tu feras un excellent dîner ce soir ! dit-il en emportant l'oie dans la maison, où il l'enferma dans une cage.

Ils n'avaient pas mangé de viande depuis des semaines, et la femme d'Edvard se réjouissait d'avance de ce festin. Elle alluma un feu et prépara la cocotte, pendant qu'Edvard affûtait son grand couteau. Quand Asgard entra dans la cuisine et vit ce qui se passait, elle se mit en colère.

— Vous ne pouvez pas la tuer ! cria-t-elle. C'est une gentille oie, elle ne nous a rien fait ! Ce n'est pas juste !

— La justice n'a rien à voir là-dedans, répondit Edvard. Dans la vie, quelquefois, il faut tuer pour survivre.

— On n'est pas obligés de la tuer, protesta la fillette. On peut encore manger de la soupe aux navets ce soir ; moi, ça ne me dérange pas !

Sur ces mots, elle s'affala devant la cage de l'oie et se mit à pleurer.

Dans sa vie d'avant, Edvard aurait probablement grondé sa fille, et l'aurait mise en garde contre les dangers d'un cœur trop tendre. Mais il n'oubliait pas son fils.

— D'accord, on ne la tue pas, concéda-t-il en s'agenouillant pour consoler la fillette.

Asgard sécha ses larmes.

— Merci, papa et maman ! Est-ce qu'on peut la garder ?

— Seulement si elle veut rester, dit Edvard. C'est un oiseau sauvage. Ce serait cruel de l'emprisonner.

Il ouvrit la cage, et l'oie sortit en se dandinant. Asgard se jeta à son cou.

— Je t'aime, monsieur l'Oie ! s'écria-t-elle.

— Waak ! répondit l'oie.

Ce soir-là, ils mangèrent de la soupe de navets et allèrent se coucher le ventre gargouillant, mais aussi heureux qu'on peut l'être.

L'oie devint la protégée d'Asgard. Elle dormait dans la grange, accompagnait la fillette à l'école chaque matin, et s'installait sur le toit pour cacarder pendant qu'elle était à l'intérieur. Asgard prévint tout le monde que l'oie était son amie, et que personne n'était autorisé à lui tirer dessus, ou à la capturer pour la manger. Les gens s'engagèrent à laisser l'oiseau en paix.

Asgard inventait des histoires fantastiques. Pendant le dîner, elle régalait ses parents des aventures qu'elle vivait avec son oie — comme la fois où l'oiseau l'avait emmenée sur son dos pour goûter au fromage de Lune. Ils ne furent donc pas spécialement surpris quand la fillette vint les réveiller un beau matin, surexcitée, et leur annonça que son oie s'était transformée en jeune homme.

— Va te recoucher, dit Edvard en bâillant. Même le coq n'est pas encore réveillé !

— Je suis sérieuse ! cria Asgard. Venez voir vous-mêmes !

Elle tira son père par le bras pour l'obliger à se lever.

Edvard faillit s'évanouir quand il entra dans la grange et découvrit son fils disparu, allongé dans un nid de paille. Ollie était adulte, à présent. Il mesurait près d'un mètre quatre-vingts, et il avait de la barbe au menton. Il portait autour de la taille un sac en toile de jute qu'il avait ramassé par terre, dans la grange.

— Tu vois, je ne t'ai pas menti ! dit Asgard.

Elle courut vers Ollie et le serra fort contre elle.

— Tu nous as fait une sacrée blague, vilaine oie !

Ollie lui décocha un sourire éclatant.

— Bonjour papa, dit-il. Est-ce que je t'ai manqué ?

— Énormément, avoua Edvard.

Son cœur lui faisait si mal qu'il se mit à pleurer. Il s'approcha de son fils et le prit dans ses bras. « J'espère que tu pourras me pardonner », lui chuchota-t-il.

— Je t'ai pardonné depuis des années, répondit Ollie. J'ai juste mis beaucoup de temps à trouver le chemin du retour.

— Papa ? intervint Asgard. Qu'est-ce qui se passe ?

Edvard lâcha Ollie, essuya ses larmes et se tourna vers sa fille.

— Je te présente ton frère aîné, lui dit-il. Celui dont je t'ai parlé...

Asgard ouvrit des yeux comme des soucoupes.

— Celui qui s'est transformé en insecte et qui s'est sauvé ?

— Lui-même, dit le jeune homme.

Il tendit une main à la fillette.

— Enchanté. Je m'appelle Ollie.

— Non, protesta-t-elle. Tu es monsieur l'Oie !

Elle ignora la main tendue de son frère et le serra de nouveau contre elle.

— Raconte-moi comment tu es devenu un oiseau.

Ollie rendit son étreinte à la fillette.

— C'est une longue histoire...

— Tant mieux ! J'adore les histoires.

— Il te la racontera au petit déjeuner, dit Edvard. Tu es d'accord, fils ?

— Avec plaisir ! accepta Ollie.

Edvard et Asgard le prirent chacun par une main et l'entraînèrent dans la maison. Quand la femme d'Edvard fut remise du choc, toute la famille s'assit à la table du petit déjeuner pour déguster des toasts aux navets, pendant qu'Ollie racontait ses aventures. À compter de ce jour, il devint un membre à part entière de la famille. Edvard aimait son fils d'un amour inconditionnel, et plus jamais Ollie ne perdit sa forme humaine.

Et tous vécurent heureux jusqu'à la fin des temps.

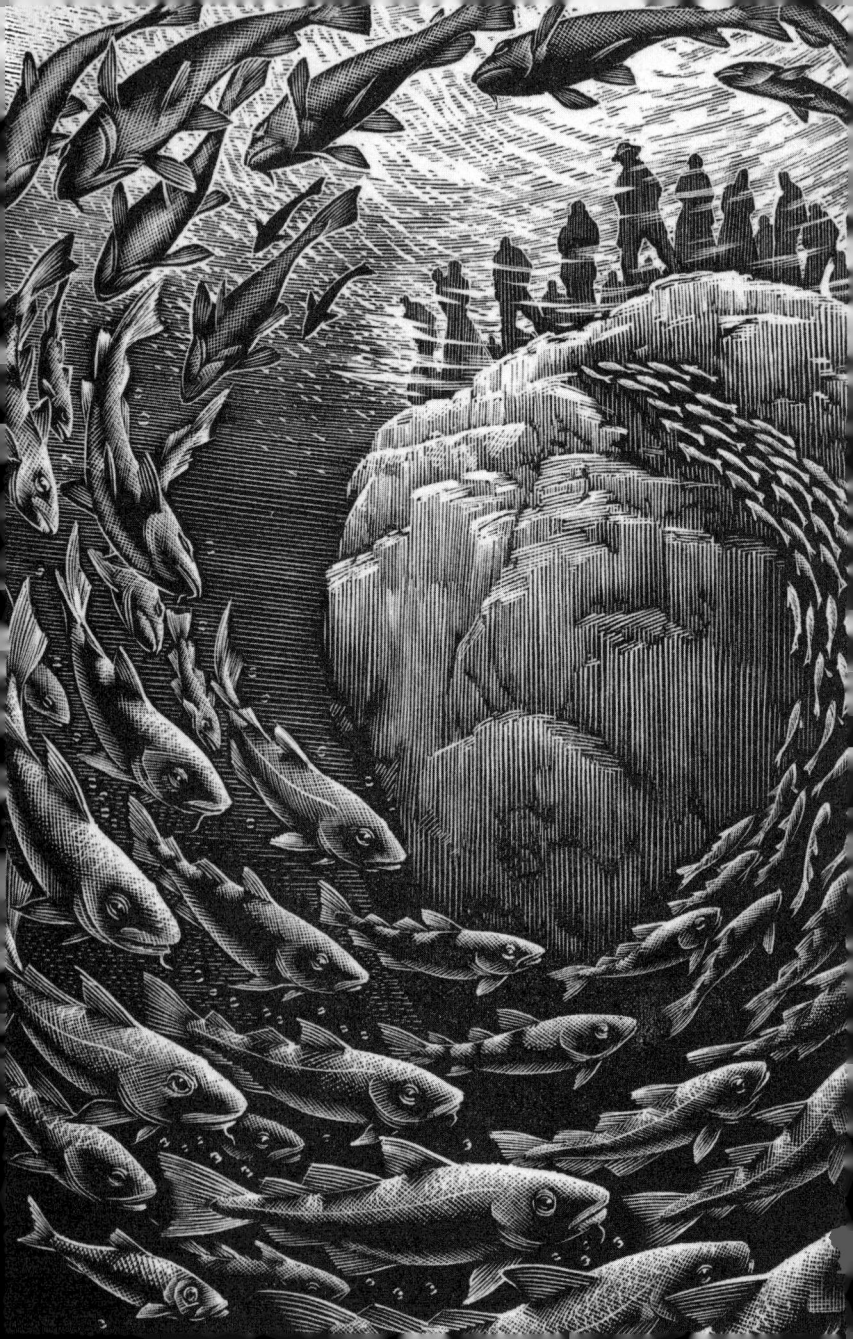

Le garçon qui retenait la mer

Il était une fois un jeune homme particulier prénommé Fergus, qui avait le pouvoir de maîtriser les courants et les marées. En ce temps-là, une terrible famine sévissait en Irlande, son pays natal. Fergus aurait pu utiliser son talent pour attraper des poissons, mais il vivait loin de la mer, et ce don ne lui était d'aucune utilité dans les rivières ou les lacs.

Le jeune homme aurait pu aussi partir pour la côte – il y était allé autrefois, quand il était enfant ; c'est ainsi qu'il avait découvert son pouvoir. Seulement, sa mère était trop faible pour voyager, et Fergus ne voulait pas la laisser seule. Il était la seule famille qu'il lui restait. Fergus lui donnait toutes les miettes de nourriture qu'il pouvait grappiller, se contentant de sciure de bois ou de semelles de cuir bouillies. Hélas, malgré les attentions de son fils, la pauvre femme finit par succomber à la maladie.

Sur son lit de mort, elle fit promettre à Fergus de partir pour la côte dès qu'elle serait enterrée.

— Avec ton talent, tu deviendras le meilleur pêcheur que le monde aura connu, et plus jamais tu ne souffriras de la faim. Mais tu ne devras révéler à personne ce que tu sais faire. Sans quoi, les gens te feront vivre un enfer.

Fergus promit de suivre ces conseils, et le lendemain, sa mère mourut. Après l'avoir enterrée au cimetière derrière l'église, le jeune homme mit ses quelques possessions dans un sac et entama une longue marche en direction de la mer. Il chemina pendant six jours avec une seule chaussure et le ventre vide. Dans les villages qu'il traversait, tous les gens étaient aussi affamés que lui. Certains hameaux étaient déserts, abandonnés par leurs habitants partis tenter leur chance en Amérique.

Finalement, Fergus atteignit une petite ville du bord de mer appelée Skelligeen, où toutes les maisons semblaient habitées. Il y vit un signe encourageant : si les gens étaient toujours là, c'est qu'ils ne mouraient pas de faim. La pêche devait donc y être fructueuse.

C'était une chance, car il n'aurait pas pu continuer plus longtemps sans manger. Il demanda à un passant où il pourrait se procurer une canne à pêche ou un filet. L'homme l'avertit qu'il ne trouverait pas ce genre de choses à Skelligeen.

— Ici, on ne pêche pas, affirma-t-il.

Il disait cela avec fierté, comme si c'était une activité dégradante.

— Si vous ne pêchez pas, de quoi vivez-vous ? s'enquit Fergus.

LE GARÇON QUI RETENAIT LA MER

Il n'avait remarqué aucun signe d'activité humaine autour de la ville : aucun enclos de bétail, aucun champ cultivé, malgré les patates en décomposition que l'on voyait dans tout le pays.

— On fait de la récupération, répondit l'homme, sans plus de précision.

Fergus lui demanda s'il avait quelque chose à manger.

— Je suis prêt à travailler pour gagner ma pitance, assura-t-il.

L'homme le détailla des pieds à la tête.

— Que pourrais-tu faire ? J'aurais bien besoin de quelqu'un pour soulever de lourdes charges, mais tu es maigre comme un coucou. Je parie que tu ne pèses pas trente-cinq kilos.

— Je ne peux peut-être pas porter des charges, mais je sais faire une chose dont personne n'est capable, affirma Fergus.

— Quoi donc ?

Fergus allait répondre, quand il se rappela la promesse faite à sa mère. Il se contenta de marmonner une excuse, avant de s'éloigner à la hâte.

Il se fabriqua une canne à pêche avec le lacet de sa chaussure et arrêta une dame bien en chair, afin de se renseigner sur le meilleur coin pour pêcher.

— Ne vous donnez pas cette peine, répondit-elle. Depuis la côte, vous n'attraperiez que des poissons-globes empoisonnés.

Fergus décida de tenter sa chance malgré tout. Il utilisa un morceau de pain rassis en guise d'appât et pêcha toute la journée, mais n'attrapa rien — pas même un poisson-globe. Désespéré, souffrant de terribles crampes d'estomac, il interrogea un homme qui marchait sur la plage : pouvait-il lui recommander quelqu'un qui lui prêterait un bateau ?

— Ainsi, je pourrais aller au large, expliqua-t-il. Peut-être que les poissons y sont plus nombreux...

— Tu n'y arriveras jamais, répondit l'homme. Le courant te projettera contre les rochers, et tu seras mis en pièces.

— Non, pas moi ! assura Fergus.

L'homme lui lança un coup d'œil sceptique et s'éloigna. Fergus hésita. Il ne voulait pas renier sa promesse, mais risquait de mourir de faim s'il ne mentionnait pas son talent.

— Je suis capable de contrôler le courant, affirma-t-il.

— Ha, ha ! s'esclaffa l'homme. J'ai entendu un paquet de sornettes dans ma vie, mais là, ça dépasse tout.

— Si je peux vous le prouver, est-ce que vous me donnerez quelque chose à manger ?

— Bien sûr ! fit l'homme, amusé. Je t'inviterai à un banquet !

L'homme accompagna Fergus au bord de l'eau, à marée descendante. Fergus souffla, grogna et serra les dents, et, au prix d'un effort considérable, parvint à inverser le flux. Au bout de quelques minutes, ils avaient de l'eau aux chevilles. L'homme était abasourdi, et très excité par ce qu'il venait de voir. Il ramena Fergus chez lui et, tenant parole, le régala d'un véritable festin.

LE GARÇON QUI RETENAIT LA MER

Il convia ses voisins à la fête et leur raconta comment le jeune homme avait fait remonter la marée. Les villageois semblaient ravis par cette nouvelle. Un peu trop, d'ailleurs, au goût de Fergus.

Les gens se rassemblèrent autour de lui.

— Montre-nous ton truc pour commander aux marées ! ordonna une femme.

— Le garçon a besoin de recouvrer ses forces, protesta son hôte. Laissez-le manger d'abord !

Quand Fergus fut incapable d'avaler une bouchée de plus, il promena son regard dans la salle. Dans tous les coins s'empilaient des caisses, des cageots et des cartons, pleins à ras bord de différentes choses. Des bouteilles de vin dans l'une, des épices séchées dans l'autre, des rouleaux de tissu dans un troisième. Près de sa chaise, une caisse contenait des dizaines de marteaux.

— Pourquoi avez-vous besoin de tous ces marteaux ? s'enquit le jeune homme.

— Je travaille dans la récupération, expliqua son hôte. Je les ai trouvés sur la plage, un matin.

— Et le vin, le tissu et les épices ? demanda Fergus.

— Pareil, répondit l'homme. Apparemment, j'ai de la chance !

Les autres convives s'esclaffèrent. Fergus commençait à se sentir mal à l'aise. Il remercia son hôte pour le repas et prit congé.

— Il ne peut pas partir sans nous avoir montré son truc ! protesta l'un des invités.

— Il est tard, il doit être fatigué, répondit son hôte. Laissons-le d'abord dormir !

Fergus était si épuisé qu'il accepta son hospitalité. On le conduisit dans une chambre confortable, et il sombra dans un profond sommeil au moment où sa tête toucha l'oreiller.

Au milieu de la nuit, il se réveilla en sursaut. Des gens étaient entrés dans sa chambre ! Ils s'approchèrent du lit et tirèrent sur ses couvertures.

— Tu as assez dormi ! lui dirent-ils. Il est temps de nous montrer ton truc !

Fergus comprit alors qu'il avait fait une erreur. Il aurait dû quitter immédiatement la chambre en sautant par la fenêtre. Ou mieux : ne parler de son talent à personne. Hélas, c'était trop tard ! Les villageois l'obligèrent à quitter son lit et le traînèrent jusqu'à la plage. Là, ils lui demandèrent d'inverser à nouveau la marée. Fergus n'aimait pas qu'on l'oblige à faire quelque chose, mais plus il résistait, plus les gens s'énervaient. C'était évident qu'ils ne le laisseraient pas partir tant qu'il ne leur aurait pas donné satisfaction. Alors, bien décidé à s'enfuir à la première occasion, le jeune homme fit remonter la mer.

Quand l'eau déferla sur la plage, les villageois l'acclamèrent. Soudain, une cloche résonna au large. Peu après, un banc de brouillard se dissipa, laissant apparaître les lumières d'un navire entraîné vers la côte. Quand Fergus comprit ce qu'il avait fait, il essaya d'inverser à nouveau

LE GARÇON QUI RETENAIT LA MER

les flots, mais c'était trop tard. Il vit avec horreur le bateau se briser sur un cap rocheux.

À l'aube, sa cargaison atteignit la côte : des centaines de caisses, parmi lesquelles flottaient les cadavres de l'équipage. Les villageois se répartirent le butin et le transportèrent chez eux. C'était donc cela qu'ils entendaient par « récupération » ! Ces gens étaient des naufrageurs, qui attiraient les bateaux de passage avec de faux signaux lumineux. C'étaient des voleurs et des assassins, et ils avaient trompé Fergus pour qu'il se charge à leur place de leur odieuse besogne[1].

Le jeune homme voulut s'enfuir en courant, mais la foule lui barrait le chemin.

— Tu ne peux pas t'en aller, lui dirent les villageois. Un autre navire marchand doit passer ce soir. Tu vas nous aider à lui faire faire naufrage.

— Plutôt mourir ! cria Fergus.

Sur ces mots, il s'élança dans une direction que nul n'avait prévue. Il courut vers la mer, empoigna une planche déchiquetée issue du naufrage et se mit à ramer avec les bras. Les naufrageurs tentèrent de le rattraper, mais grâce à son talent, Fergus forma une vague qui le poussa vers le large, et fut bientôt hors d'atteinte.

---

1. On trouve de fréquentes allusions à des bandits qui émettent de faux signaux lumineux afin de provoquer le naufrage de bateaux, mais c'est la seule mention, dans l'histoire comme dans le folklore, d'un particulier utilisant son pouvoir dans un tel dessein.

— Idiot ! lui crièrent les villageois. Tu vas te noyer !

Fergus ne se noya pas. Il resta accroché à sa planche, et la vague le transporta au-delà des brisants, dans l'eau froide et profonde où passaient les bateaux.

Pendant des heures, le jeune homme attendit en grelottant qu'un navire apparaisse à l'horizon. Il forma alors une nouvelle vague, qu'il chevaucha pour s'approcher du bâtiment. Quand il fut assez près, il se mit à crier. Le bateau était énorme, et Fergus craignait que personne ne le remarque. Par chance, un passager l'aperçut. On lui lança une corde, et on le hissa sur le pont.

Le bateau s'appelait *Hannah*, et il était plein de gens qui fuyaient la famine en Irlande. Ils avaient vendu tout ce qu'ils possédaient pour payer la traversée jusqu'à l'Amérique, et n'avaient plus que les vêtements qu'ils portaient sur le dos.

Le capitaine était un homme cupide et cruel nommé Shaw. À peine avait-on sauvé Fergus qu'il voulut le rejeter à la mer[2].

— Les passagers clandestins sont interdits sur ce bateau, dit-il. Seuls ceux qui ont acheté leur billet sont les bienvenus.

---

2. Le *Hannah* a vraiment existé. Ce bâtiment de sinistre mémoire quitta le port irlandais de Newry le 3 avril 1849, sous le commandement d'un capitaine inexpérimenté nommé Curry Shaw. Âgé de seulement vingt-trois ans à l'époque, ce dernier s'était déjà forgé une réputation d'homme impitoyable, et il était haï de tous avant même les terribles évènements qui frappèrent son navire.

— Je ne suis pas un passager clandestin ! protesta le jeune homme. Je suis un rescapé.

— C'est toi qui le dis ! gronda le capitaine. Tout ce que je sais, c'est que tu n'as pas payé ton billet.

— Je travaillerai en échange de la traversée, plaida Fergus. S'il vous plaît, ne me jetez pas à la mer !

— Travailler ! s'esclaffa le capitaine. Tu as des bras comme des baguettes et des cuisses de poulet. Quel travail pourrais-tu faire ?

Fergus savait que son talent serait d'une aide précieuse au capitaine, mais il avait retenu la leçon de Skelligeen, et n'y fit aucune allusion. Il se contenta d'affirmer :

— Je suis capable de trimer plus dur que n'importe qui sur ce bateau, et vous ne m'entendrez jamais me plaindre !

— Vraiment ? fit le capitaine. C'est ce qu'on va voir... Que quelqu'un aille lui chercher une brosse à récurer !

C'est ainsi que Shaw fit de Fergus son esclave. Chaque jour, le jeune homme devait nettoyer les quartiers du capitaine, repasser ses vêtements, faire briller ses chaussures et lui servir ses repas. Quand il avait terminé, il récurait les ponts et vidait les seaux des latrines, qui étaient affreusement lourds et lui éclaboussaient les pieds lorsqu'il les versait par-dessus bord. Fergus s'épuisait à la tâche, mais, fidèle à sa parole, il ne se plaignait jamais.

Le travail ne le dérangeait pas. Ce qui le souciait, en revanche, c'était le manque de vivres. Le capitaine avait embarqué trop de gens et pas assez de provisions pour la durée du voyage. Tandis que Shaw et son équipage festoyaient, Fergus et les autres passagers se contentaient de croûtes de pain rassis et de tasses de bouillon où flottaient plus de crottes de souris que de viande. Sous peu, même ces rations à peine comestibles viendraient à manquer.

Pour ne rien arranger, le temps devint soudain extrêmement froid. Un matin, il se mit à neiger, alors qu'on était à la fin du printemps. À cette occasion, un passager fit remarquer que le soleil n'était pas du bon côté du bateau. Au lieu de naviguer vers l'ouest, le *Hannah* semblait faire voile vers le nord. Un petit groupe alla trouver le capitaine.

— Où sommes-nous ? lui demandèrent-ils. Est-ce vraiment la route de l'Amérique ?

— C'est un raccourci, assura Shaw. Nous allons bientôt arriver à destination.

Cet après-midi-là, Fergus vit des icebergs flotter au loin. Le soir venu, soupçonnant qu'on les avait trompés, il écouta à la porte du capitaine en faisant semblant de récurer le sol.

— Demain ou après-demain, nous atteindrons l'île des Peaux, disait Shaw à son second. Nous y prendrons livraison d'une cargaison de fourrures à livrer à New York. Cela devrait doubler nos profits pour ce voyage !

Ces paroles emplirent Fergus de fureur. Le bateau n'était pas du tout en train d'emprunter un raccourci ! Au contraire, le capitaine l'avait fait dévier de sa trajectoire ! En rallongeant ainsi le voyage, il était à peu près sûr que les passagers mourraient de faim avant d'arriver en Amérique !

Avant que Fergus ait pu filer, la porte de la cabine s'ouvrit à la volée. Le jeune homme était pris sur le fait.

LE GARÇON QUI RETENAIT LA MER

— Tu écoutais aux portes! rugit le capitaine. Qu'est-ce que tu as entendu?
— Tout, absolument tout! répondit Fergus. Et quand je dirai aux passagers ce que vous complotez, ils vous jetteront à la mer.

À ces mots, le capitaine et son second dégainèrent leurs sabres. Mais, au moment où ils se jetaient sur Fergus, on entendit un craquement terrible. Le sol trembla, et les trois hommes furent projetés à terre.

À peine relevés, Shaw et son second quittèrent la cabine en courant. Ils avaient complètement oublié Fergus et ses menaces. Le *Hannah* avait heurté un iceberg, et il sombrait à grande vitesse. Il n'y avait qu'un canot de sauvetage sur le bateau. Avant que les passagers comprennent ce qui se passait, le capitaine et ses hommes d'équipage se l'étaient approprié. Des mères au désespoir les supplièrent de prendre leurs enfants à bord, mais Shaw et ses hommes, pistolet en main, menaçaient tous ceux qui s'approchaient du canot. Finalement, les traîtres s'éloignèrent sur l'eau. Fergus et les autres passagers restèrent seuls sur le navire en perdition, au milieu d'une mer glaciale[3].

La lune, haute et brillante, éclairait l'iceberg. Il était encore tout près, et semblait assez plat pour qu'on puisse tenir dessus. Le bateau gîtait dangereusement d'un côté,

---

3. Encore un fait avéré: tard dans la nuit du 27 avril 1849, le *Hannah* entra en collision avec un iceberg, et Shaw s'enfuit avec son équipage dans l'unique canot de sauvetage.

mais il n'avait pas encore coulé. Fergus créa un courant qui le poussa jusqu'à ce que son flanc cogne le bord de l'iceberg. Les passagers s'aidèrent mutuellement à monter sur la glace. Les derniers quittèrent le bateau juste avant que les vagues l'engloutissent. Ils poussèrent des cris de joie, mais leurs voix furent bientôt étouffées par les hurlements du blizzard. Ces pauvres gens, qui avaient échappé à une mort rapide par noyade, allaient succomber lentement au froid et à la faim. Ils passèrent la nuit à frissonner sur la glace, blottis les uns contre les autres pour tenter de se réchauffer.

Au matin, les rescapés découvrirent un ours polaire qui rôdait non loin de là. Le pauvre était très maigre et paraissait aux abois. Les gens et l'ours commencèrent par s'observer avec méfiance. Au bout de plusieurs heures, l'animal s'approcha du bord de l'iceberg, comme s'il avait entendu un bruit. Fergus, intrigué, le suivit à une distance prudente. Il aperçut alors un vaste banc de poissons, qui nageait à quelques centaines de mètres d'eux. Ils étaient des milliers, et auraient suffi à nourrir tous les naufragés, si seulement on avait pu les atteindre !

L'ours se jeta dans l'eau et nagea vers les poissons, mais il était trop faible pour arriver jusqu'à eux. Il ne tarda pas à remonter sur l'iceberg, misérable et épuisé.

Fergus comprit ce qu'il lui restait à faire, même si cela signifiait trahir une nouvelle fois sa promesse. Il leva les bras, serra les poings, et forma un courant qui poussa les poissons vers l'iceberg. Bientôt, ils furent des centaines à se cogner contre la glace, avant d'atterrir à sa surface.

L'ours poussa un grognement joyeux, lança plusieurs poissons dans sa gueule et s'éloigna en trottinant.

Les gens aussi étaient fous de joie. Même s'ils n'appréciaient guère le poisson cru, c'était mieux que de mourir de faim. Fergus les avait sauvés ! Ils le hissèrent au-dessus de leurs têtes en scandant son nom, puis mangèrent jusqu'à satiété.

En fait, Fergus ne les avait pas réellement sauvés, même s'ils avaient assez de poissons pour survivre pendant plusieurs semaines. La température tomba encore cet après-midi-là, et un vent glacial se mit à souffler. Les naufragés se blottirent à nouveau les uns contre les autres pour se réchauffer, mais ils savaient bien que, sans couvertures, ils avaient peu de chances de survivre jusqu'au matin.

La nuit venait de tomber quand ils entendirent un grondement tout proche. L'ours était revenu !

Fergus se leva d'un bond.

— Qu'est-ce que tu veux ? demanda-t-il à l'animal. Tu as eu des tas de poissons, ton ventre est plein. Maintenant, laisse-nous tranquilles !

Mais l'attitude de l'ours avait changé. Il n'était plus du tout menaçant, comme lorsqu'il était affamé. En fait, il avait l'air plutôt reconnaissant, et avait deviné que Fergus et ses semblables avaient des ennuis.

L'ours s'allongea près d'eux et s'endormit. Les naufragés échangèrent des regards hésitants. Fergus s'avança vers l'animal sur la pointe des pieds et se coucha précautionneusement contre lui. Sa fourrure était d'une douceur incroyable, et son corps répandait une chaleur bienvenue.

La proximité du jeune homme ne semblait pas le déranger le moins du monde.

Les uns après les autres, les naufragés s'approchèrent. Les enfants et les gens les plus âgés se blottirent tout près de l'ours. Les femmes se collèrent contre eux, et les hommes, contre elles. C'est ainsi que tous survécurent miraculeusement à la nuit glaciale.

Le lendemain, l'ours et les naufragés mangeaient du poisson, quand un autre iceberg passa à proximité. Trois ours polaires étaient perchés dessus. Quand le premier les vit, il se dressa sur ses pattes arrière et se mit à rugir.

« Salut les amis ! semblait-il leur dire. Il y a ici un garçon qui peut nous procurer du poisson à volonté. Venez nous rejoindre ! »

Les trois ours plongèrent dans l'eau et se hissèrent sur l'iceberg des naufragés.

— Il ne manquait plus que ça ! se lamenta un homme. Maintenant, il y a quatre ours avec nous !

— Ne t'inquiète pas, le rassura Fergus. On a du poisson pour tout le monde. Ils ne nous feront aucun mal.

Les ours passèrent la journée à se régaler de poissons. Quand la nuit tomba, ils dormirent ensemble en un tas, les gens blottis parmi eux. Cette nuit-là, les hommes, les femmes et les enfants eurent aussi chaud que possible.

Le lendemain, trois autres ours débarquèrent d'un iceberg qui flottait dans les parages et grimpèrent sur celui des naufragés. Le surlendemain, ils étaient quatre de plus. Les gens commençaient vraiment à se faire du souci.

— Onze ours, ça fait beaucoup, dit une femme à Fergus. Que se passera-t-il quand ils n'auront plus assez de poisson à manger ?

— J'en attraperai d'autres, répondit le jeune homme.

Il passa toute la journée et la suivante à fixer l'océan, à l'affût d'un nouveau banc de poissons, mais n'en vit aucun. Leurs provisions étaient presque épuisées. À présent, même Fergus était inquiet.

— On aurait dû tuer cet ours quand il était seul, au lieu de laisser ce garçon particulier en accueillir dix autres, grommela un vieil homme. Maintenant, regardez dans quel pétrin on est !

Fergus se demanda ce qui arriverait quand il n'y aurait plus du tout de poisson. Peut-être le donneraient-ils à manger aux ours !

Cette nuit-là, comme les précédentes, les ours et les naufragés s'endormirent en tas, mêlés les uns aux autres et repus. Mais le lendemain matin, en se réveillant, les gens virent onze ours polaires les fixer avec gourmandise. Ils avaient mangé les derniers poissons tombés sur l'iceberg.

Fergus courut au bord de leur radeau improvisé et scruta l'horizon. Le spectacle qu'il découvrit fit bondir son cœur de joie — car ce n'était pas un banc de poissons : c'était la terre ! Au loin, on distinguait une île enneigée. Mieux encore, de la fumée montait vers le ciel, signe qu'elle était habitée ! Ils y trouveraient probablement de la nourriture.

Oubliant momentanément les ours, Fergus apporta la bonne nouvelle aux autres. Elle ne suffit pas à les dérider.

— Ça nous fait une belle jambe de voir la terre, si on se fait dévorer avant de l'atteindre, grommela un homme.

Au même instant, un ours s'approcha de lui, l'attrapa par une jambe et se mit à le secouer comme s'il espérait voir tomber du poisson de ses poches. L'homme hurla. Avant que l'ours, déçu, n'ait pu le croquer, un coup de feu éclata.

Les naufragés se retournèrent tous ensemble et découvrirent un homme vêtu de fourrure blanche, armé d'un fusil. L'inconnu tira une seconde fois au-dessus de la tête de l'ours, qui lâcha sa proie et fila. Les autres animaux se sauvèrent aussi.

Le nouveau venu expliqua aux naufragés qu'il les avait aperçus depuis l'île grâce à sa longue-vue. Les invitant à le suivre, il les fit descendre dans une crique cachée dans l'iceberg, où les attendait une flottille de petits bateaux. Les naufragés pleurèrent de reconnaissance lorsque les embarcations les conduisirent en lieu sûr.

Fergus aussi était soulagé, mais il craignait que quelqu'un parle de son talent à leurs sauveteurs. C'était déjà assez embarrassant que tant de personnes en soient informées. Mais nul ne fit allusion à lui, ni ne lui adressa la parole. La plupart des gens fuyaient son regard, et ceux qui le fixaient avaient des airs mauvais, comme s'ils lui reprochaient tous leurs malheurs.

Sa mère avait raison, songea Fergus avec amertume. Partager son secret n'avait fait que lui attirer des ennuis. On le voyait comme un objet : un outil dont on se servait quand on en avait besoin et qu'on jetait ensuite. Il décida de ne plus jamais parler de son talent à quiconque, quoi qu'il advienne.

Les bateaux accostèrent dans un petit port bordé de maisons de bois. De la fumée s'échappait des cheminées, et une délicieuse odeur de cuisine flottait dans l'air. La promesse d'un repas chaud devant un feu de bois semblait si réelle que les naufragés en avaient l'eau à la bouche. L'homme vêtu de fourrure arrima son bateau et descendit sur le ponton.

— Bienvenue à l'île des Peaux, déclara-t-il.

Avec un soudain frisson, Fergus se rappela où il avait entendu ce nom pour la première fois. C'était l'île où le capitaine Shaw avait prévu d'accoster afin de prendre livraison des fourrures. Celle qu'il cherchait à atteindre quand ils étaient entrés en collision avec l'iceberg.

Avant d'avoir pu réfléchir à la question, il vit sur le dock un canot de sauvetage en piteux état. Le nom *Hannah* était inscrit sur sa coque.

Le capitaine et son équipage avaient réussi à atteindre l'île. Ils étaient là !

Peu après, un autre naufragé remarqua à son tour le canot. La nouvelle se répandit dans la foule comme une traînée de poudre, et bientôt, un groupe de gens furieux exigèrent qu'on leur dise où étaient Shaw et ses hommes.

— Ils nous ont abandonnés à la mort ! cria une femme.

— Ils nous ont menacés avec des pistolets quand on essayait de sauver nos enfants ! ajouta un homme.

— Ils nous ont fait manger de la soupe aux crottes de souris, se plaignit un garçonnet maigrichon.

L'homme aux fourrures tenta de les calmer, mais les naufragés étaient assoiffés de vengeance. Ils lui arrachèrent son fusil, foncèrent dans les rues, et découvrirent Shaw et ses hommes à la taverne, soûls comme des barriques.

Une violente bagarre éclata. Les gens frappaient le capitaine et ses acolytes avec tout ce qui leur tombait sous la main : des rochers, du mobilier, et même des bûches enflammées sorties de la cheminée. Ils n'avaient qu'un fusil, mais Shaw et son équipage étaient moins nombreux. Finalement, rossés et réduits à quelques-uns, les traîtres s'enfuirent dans les collines enneigées qui dominaient la petite ville.

Les naufragés avaient gagné. Plusieurs avaient trouvé la mort, mais ils avaient réglé leurs comptes avec l'odieux capitaine Shaw, et rejoint la terre ferme. Cela faisait beaucoup de choses à fêter. Hélas, leurs cris de joie furent bientôt interrompus par des appels au secours. Un incendie s'était déclaré en ville.

L'homme vêtu de fourrure arriva en courant.

— Bande d'idiots, vous avez mis le feu ! cria-t-il à la foule.

— Eh bien, qu'est-ce que vous attendez pour l'éteindre ! lui répondit un combattant épuisé.

— Impossible ! répondit l'homme. C'est la caserne des pompiers qui brûle !

Les rescapés essayèrent d'aider les négociants en fourrure à combattre l'incendie avec des seaux d'eau de mer puisés dans le port, mais ils n'étaient pas assez nombreux, et le feu se répandait à toute allure. De désespoir, ils se tournèrent vers Fergus pour solliciter son aide.

— Est-ce que tu peux faire quelque chose ? l'implorèrent-ils.

Le jeune homme commença par refuser, fidèle à sa promesse. Mais quand leurs prières se changèrent en menaces, il fut bien obligé de céder.

— Bon, d'accord ! lâcha-t-il avec colère. Allez vous mettre à l'abri !

Lorsque tout le monde se fut réfugié sur les hauteurs, Fergus utilisa son pouvoir pour fabriquer une vague géante, qui déferla sur la ville et éteignit l'incendie. Seulement, en se retirant, les flots soulevèrent les maisons de leurs fondations et les emportèrent. Les villageois contemplèrent le désastre avec un sentiment d'horreur et d'impuissance mêlées.

Fergus s'enfuit en courant, poursuivi par la foule furieuse. Les gens le prirent en chasse jusqu'en haut des collines, où il parvint à leur échapper en se cachant dans un tas de neige. Après leur départ, il sortit complètement gelé, et s'éloigna en titubant dans la forêt.

Quelques heures plus tard, le fugitif rencontra deux hommes dans le sous-bois. C'était le capitaine et son second. Shaw était appuyé contre un tronc d'arbre, la chemise ensanglantée. Il agonisait.

Malgré ses souffrances, le capitaine éclata de rire en voyant Fergus.

— Alors, ils s'en sont pris à toi aussi. Ça fait de nous des frères d'armes...

— Certainement pas ! le détrompa Fergus. Je ne suis pas comme vous. Vous êtes un monstre.

— Je suis juste un homme, objecta le capitaine. C'est toi qu'ils considèrent comme un monstre. Et ce qui compte le plus, c'est ce que les gens pensent de toi.

— Pourtant, je n'ai fait que les aider ! se défendit Fergus.

En prononçant ces mots, il se mit à douter. Les négociants l'avaient menacé parce qu'il avait détruit leurs maisons. N'avait-il pas, dans sa colère, créé une vague plus grosse que nécessaire ? Une petite partie de lui, sombre et mesquine, n'avait-elle pas détruit délibérément la ville ?

Peut-être était-il vraiment un monstre, en fait...

Dans ces conditions, mieux valait vivre seul, à l'écart du monde, décida le jeune homme. Il laissa mourir le capitaine et redescendit les collines en direction de la ville. Personne ne le vit lorsqu'il se glissa dans les rues saccagées, à la nuit tombée. Il chercha dans le port un bateau qu'il pourrait utiliser, mais ils avaient tous été arrachés à leurs amarres et éparpillés en mer.

Fergus sauta dans l'eau et nagea jusqu'à ce qu'il trouve une surface solide sur laquelle se hisser. Dans le noir, il crut d'abord qu'il s'agissait d'un grand bateau retourné, mais c'était en fait une des maisons de bois de la ville, qui flottait sur le côté. Il y entra par la porte, fit surgir une vague pour la redresser et partit sur la mer.

Pendant plusieurs jours, Fergus fit naviguer sa maison-bateau en direction du sud, se nourrissant des poissons qui entraient par la porte. Au bout d'une semaine, il cessa de croiser des icebergs. L'air se réchauffait peu à peu.

LE GARÇON QUI RETENAIT LA MER

À la longue, le givre qui couvrait les fenêtres fondit, les eaux devinrent plus calmes, et une brise tropicale se mit à souffler.

La maison avait conservé presque tout son mobilier. Pendant la journée, Fergus s'installait dans un fauteuil à bascule et lisait des livres. Quand il voulait prendre un bain de soleil, il sortait par la fenêtre et allait s'allonger sur le toit. La nuit, il dormait dans un lit confortable, bercé par les vagues. Il dériva ainsi pendant plusieurs mois, satisfait de sa nouvelle existence.

Un jour, il aperçut un navire à l'horizon. Comme il n'avait aucune envie de rencontrer son équipage, il tenta de s'en éloigner. Mais le bateau vira de bord, et, toutes voiles dehors, finit par le rattraper.

C'était une goélette à trois mâts de fière allure, qui dominait la maison de toute sa hauteur. Une échelle de corde se déroula sur son flanc. Décidément, les occupants du bateau ne voulaient pas le laisser tranquille ! Fergus décida de grimper à bord, afin de dire à l'équipage qu'il n'avait pas besoin d'être secouru. Mais quand il arriva en haut de l'échelle et se hissa sur le pont, il fut surpris de le trouver presque désert. Une seule personne s'y tenait : une fille de son âge aux cheveux bruns et à la peau mate. Elle le considéra de ses yeux durs.

— Qu'est-ce que tu fais dans une maison au milieu de l'océan ? lui demanda-t-elle.

— Je me suis enfui d'une île, dans le nord.

— Comment as-tu réussi à maintenir cette maison à flot ? s'enquit-elle encore, méfiante. Et comment as-tu parcouru tout ce chemin sans voile ?

— Je dois avoir de la chance, suggéra Fergus.

— C'est ridicule ! déclara la fille. Dis-moi la vérité.

— Je suis désolé. Ma mère m'a fait promettre de ne jamais en parler.

La fille plissa les yeux, comme si elle hésitait à le balancer par-dessus bord. Fergus regarda nerveusement derrière lui.

— Où est le capitaine ?

— Tu es en train de lui parler, affirma la fille.

— Ah, dit Fergus, incapable de cacher sa surprise. Mais alors, où est ton équipage ?

— Tu l'as devant toi.

Le jeune homme n'en croyait pas ses oreilles.

— Tu as conduit cet énorme bateau toute seule depuis...

— Le Cap-Vert, compléta la fille.

— Tu as fait tout le chemin depuis le Cap-Vert... toute seule ?

— Exact.

— Mais comment ?

— Je suis désolée, répondit-elle. Ma mère m'a fait promettre de ne jamais en parler.

Sur ces mots, elle lui tourna le dos et leva les bras. Aussitôt, le vent se leva et gonfla les voiles.

La fille souriait quand elle se retourna.

— Je m'appelle Cesaria, dit-elle, une main tendue.

Fergus était sidéré. C'était la première fois qu'il rencontrait quelqu'un qui lui ressemblait.

— Euh... enchanté, bredouilla-t-il en lui serrant la main. Moi, c'est Fergus.

— Attention, Fergus ! Ta maison s'en va…

Le jeune homme pivota brusquement et vit son bateau de fortune s'éloigner. L'instant d'après, une grosse vague le retourna. La suivante l'engloutit.

Fergus s'en moquait. Il avait déjà décidé qu'il n'avait plus besoin de cette maison. Qui sait : c'était peut-être même lui qui l'avait fait couler…

Il haussa les épaules.

— Bon, j'ai l'impression que je suis coincé ici…

— Ça ne me pose pas de problème, dit Cesaria, tout sourire.

— Tant mieux, commenta Fergus, qui souriait aussi.

Les deux jeunes particuliers continuèrent à se regarder ainsi un long moment, car ils savaient qu'ils avaient enfin trouvé quelqu'un avec qui partager leurs secrets.

L'histoire de Cuthbert

Autrefois, au temps des particuliers, de nombreux animaux vivaient dans une forêt profonde et reculée.
Il y avait des lapins, des cerfs et des renards, mais on y trouvait aussi des animaux d'espèces moins communes : des oursinges, des lynx à deux têtes et des émurafes parlantes.

Ces animaux particuliers étaient le gibier préféré des chasseurs, qui empaillaient leurs victimes pour les accrocher au mur et exhibaient leurs trophées devant leurs amis. Quand ils parvenaient à les capturer vivants, ils les vendaient à des directeurs de zoos, qui les enfermaient dans des cages et faisaient payer les visiteurs pour les admirer. On pourrait penser qu'il est préférable d'être prisonnier d'une cage, plutôt que d'être tué et empaillé. Mais les animaux particuliers, comme toutes les créatures, ne sont heureux qu'en liberté. Leurs esprits finissaient par se flétrir, et ils se surprenaient à envier leurs amis empaillés.

À l'époque, ainsi qu'au temps d'Aldinn, on trouvait encore des géants sur la terre. Ils étaient fort peu nombreux, et leur espèce était déjà menacée[1]. Or, l'un d'eux vivait près de la forêt. C'était un être d'une extrême gentillesse, qui parlait doucement et se nourrissait exclusivement de plantes. Il se prénommait Cuthbert.

Un jour, Cuthbert, qui s'était aventuré dans la forêt pour cueillir des baies, aperçut un chasseur pourchassant une émurafe. En bon géant, il souleva la petite créature par la peau de son long cou et, se redressant de toute sa hauteur – ce qu'il faisait rarement, car ses vieux os avaient tendance à craquer – il la déposa au sommet d'une montagne, à l'abri du danger. Après quoi, il écrabouilla le chasseur entre ses orteils.

La renommée de Cuthbert se répandit dans toute la forêt, et bientôt, les animaux particuliers vinrent le voir les uns après les autres pour qu'il les hisse au sommet de la montagne.

— Je vous aiderai volontiers, mes amis, leur répondit Cuthbert. La seule chose que j'exige de vous, c'est de me tenir compagnie et de me parler. Il n'y a plus beaucoup de géants dans ce monde, et j'avoue que parfois, je me sens un peu seul.

— Bien sûr, Cuthbert, nous acceptons! lui répondirent les animaux.

Ainsi, chaque jour, Cuthbert sauvait de nouveaux animaux particuliers des chasseurs. À la longue, c'est toute

---

[1]. Cela ne signifie pas que les géants ont complètement disparu; ils ont simplement cessé d'arpenter la terre. Il suffit de lire le conte *Cocobolo* pour apprendre ce qu'ils sont devenus.

L'HISTOIRE DE CUTHBERT

une ménagerie qui se trouva réfugiée là-haut. Et les animaux s'y sentaient heureux, car ils vivaient enfin en paix. Cuthbert aussi était heureux : il lui suffisait de se mettre sur la pointe des pieds et de poser le menton au sommet de la montagne pour discuter avec ses nouveaux amis.

Hélas, un matin, une sorcière vint le trouver. Il se baignait dans un petit lac, à l'ombre de la montagne, quand elle lui annonça :

— Je suis navrée, mais je vais devoir te changer en pierre.

— Pourquoi donc ? lui demanda l'intéressé. Je suis très gentil. Je suis un géant serviable.

— J'ai été engagée par la famille du chasseur que tu as écrasé, l'informa la sorcière.

— Ah, soupira Cuthbert. Je l'avais oublié, celui-là.

— Je suis vraiment désolée...

Sur ces mots, la sorcière agita une branche de bouleau sous le nez du géant, qui se changea en pierre.

Cuthbert se sentit soudain devenir très lourd. Si lourd qu'il commença à couler dans le lac. Il ne cessa de s'enfoncer que lorsqu'il eut de l'eau jusqu'au cou. Ses amis animaux avaient assisté à la scène. Cela les chagrinait terriblement, mais ils ne pouvaient rien faire pour l'aider.

— Je sais que vous ne pouvez pas me sauver, leur cria Cuthbert, mais venez au moins me parler ! Je suis coincé ici, et je me sens affreusement seul !

— Si on descend, les chasseurs nous tueront ! répondirent-ils.

Ils avaient raison, mais Cuthbert continua de les implorer :

— Parlez-moi ! Je vous en prie, venez me parler !

Les animaux chantèrent des chansons et racontèrent des histoires au pauvre Cuthbert en criant à tue-tête, depuis leur refuge au sommet de la montagne. Hélas, ils étaient trop loin, et leurs voix trop faibles. Pour l'infortuné géant, elles étaient plus discrètes que le bruissement des feuilles dans le vent.

— Parlez-moi ! les suppliait-il. Venez me parler !

Hélas, ils ne vinrent jamais. Et le géant pleurait encore quand sa gorge se changea en pierre, comme le reste de son corps.

Note de l'éditeur

C'est ainsi, en principe, que s'achève ce conte. Mais il est si triste, il manque si cruellement de morale, et laisse tant de ses auditeurs éplorés que les conteurs improvisent souvent une nouvelle fin, plus optimiste. J'ai pris la liberté d'inclure ma propre version ci-dessous.

M. N.

Les animaux chantèrent des chansons et racontèrent des histoires au pauvre Cuthbert en criant à tue-tête, depuis leur refuge au sommet de la montagne. Hélas, ils étaient trop loin, et leurs voix trop faibles. Pour l'infortuné géant,

L'HISTOIRE DE CUTHBERT

elles étaient plus discrètes que le bruissement des feuilles dans le vent.

— Parlez-moi ! les suppliait-il. Venez me parler !

Au bout de quelque temps, les animaux commencèrent à se sentir coupables. Surtout l'émurafe.

— Allons, les amis ! Tout ce qu'il veut, c'est un peu de compagnie. Est-ce trop demander ?

— J'oserai dire que oui, répondit l'oursinge. C'est dangereux, en bas – et maintenant que Cuthbert est pétrifié, comment fera-t-on pour remonter sur notre falaise ?

— On ne peut rien pour lui, ajouta le lynx à deux têtes. À moins que vous ne sachiez conjurer la malédiction d'une sorcière...

— Bien sûr que non, affirma l'émurafe, mais ce n'est pas la question ! Cuthbert va peut-être mourir bientôt, et on ne peut pas le laisser seul. Je ne me le pardonnerais jamais.

À la longue, la culpabilité des animaux devint insupportable, et ils se rangèrent à l'avis de l'émurafe. Malgré les dangers qui les attendaient au pied de la falaise, ils descendirent le long de la paroi en s'accrochant les uns aux autres, jusqu'au sol. Ils coururent trouver Cuthbert et le réconfortèrent. Leur ami versa des larmes de reconnaissance.

Pendant que les animaux discutaient avec lui, la voix du géant devint de plus en plus faible. Ses lèvres et sa gorge se pétrifièrent, et bientôt, Cuthbert se tut complètement. Ses amis se demandèrent s'il était mort. L'émurafe pressa ses mains contre la poitrine du géant de pierre.

— J'entends toujours battre son cœur, déclara-t-elle au bout d'un moment.

Le troglodyte qui possédait la faculté de se changer en femme alla se percher sur l'oreille de Cuthbert et l'interrogea :

— Nous entends-tu ?

Quelques mots s'échappèrent de la gorge du géant, à peine plus forts qu'un souffle de vent :

— Oui, mes amis.

Les animaux particuliers poussèrent des cris de joie. Cuthbert était toujours vivant sous sa peau de pierre. La malédiction de la sorcière n'était pas assez puissante pour pétrifier son cœur.

À compter de ce jour, ils s'occupèrent du pauvre Cuthbert comme le géant s'était occupé d'eux autrefois. Ils lui tenaient compagnie, rapportaient de la nourriture qu'ils lançaient dans sa bouche ouverte, et lui parlaient à longueur de journée. Ses réponses se faisaient de plus en plus rares, mais ses amis savaient qu'il était vivant, car ils entendaient toujours battre son cœur. Et si les créatures sans ailes ne pouvaient plus se réfugier au sommet de la falaise, Cuthbert leur offrait d'autres moyens de se mettre à l'abri. Les animaux dormaient dans sa bouche chaque nuit. Lorsque des chasseurs venaient, ils s'y dissimulaient et poussaient des hurlements qui terrifiaient les hommes. Cuthbert devint la maison et le refuge des animaux particuliers, et bien qu'incapable de remuer un seul muscle, il était parfaitement heureux.

De nombreuses années plus tard, le cœur de Cuthbert s'arrêta de battre et il mourut en paix, entouré de ses amis.

L'HISTOIRE DE CUTHBERT

Constatant qu'ils étaient devenus trop nombreux pour continuer à vivre à l'intérieur du géant de pierre, le troglodyte, devenu une ombrune, enveloppa tous les animaux particuliers dans une boucle temporelle qu'elle avait créée au sommet de la falaise. Elle plaça l'entrée à l'intérieur de Cuthbert. Ainsi, à chaque passage, les animaux saluaient leur vieil ami. Et parfois, quand le vent soufflait dans la bonne direction, ceux qui s'arrêtaient pour tendre l'oreille pouvaient presque entendre sa réponse : un bruit qui ressemblait à « bonjour ».

MILLARD NULLINGS, philologue accompli et érudit renommé, est un ancien pensionnaire de la maison de Miss Peregrine pour les enfants particuliers. Pendant son séjour à Cairnholm, il a écrit l'histoire exhaustive d'une seule journée sur une petite île, et a aidé à vaincre deux monstres abominables. Il est allergique aux squames d'oursinge et au beurre d'amandes. Millard est invisible.

PHOTO BY TAHEREH MAFI

RANSOM RIGGS est l'auteur des romans *Miss Peregrine et les enfants particuliers*, *Hollow City* et *La bibliothèque des âmes*, devenus des best-sellers aux États-Unis. Riggs est né dans une ferme du Maryland et il a grandi au sud de la Floride. Il a étudié la littérature au Kenyon College et le cinéma à l'université de Californie du Sud. Il vit à Los Angeles avec sa femme Tahereh Mafi, elle aussi auteur de best-sellers.

PHOTO BY JULIA DAVIDSON

ANDREW DAVIDSON est diplômé du Royal College of Arts, avec une spécialité en design graphique. Il a exercé ses talents d'illustrateur dans de nombreux domaines, mais les travaux manuels et le dessin ont toujours été ses principaux centres d'intérêt. Parmi ses travaux variés, on peut citer des gravures sur bois pour *The Iron Man* de Ted Hughes, plus de douze séries de timbres pour la Royal Mail, et les portes de verre gravées du court central de Wimbledon. Il vit avec sa femme Julia et leurs deux fils, Lewis et Hugh.

Découvrez la trilogie

MISS PEREGRINE
ET LES ENFANTS
PARTICULIERS

RANSOM RIGGS

Le Livre de Poche s'engage pour l'environnement en réduisant l'empreinte carbone de ses livres. Celle de cet exemplaire est de : 700 g éq.CO_2
Rendez-vous sur www.livredepoche-durable.fr

PAPIER À BASE DE FIBRES CERTIFIÉES

« Pour l'éditeur, le principe est d'utiliser des papiers composés de fibres naturelles, renouvelables, recyclables et fabriquées à partir de bois issus de forêts qui adoptent un système d'aménagement durable. En outre, l'éditeur attend de ses fournisseurs de papier qu'ils s'inscrivent dans une démarche de certification environnementale reconnue. »

Édité par la Librairie Générale Française - LPJ
(58 rue Jean Bleuzen, 92178 Vanves Cedex)

Composition PCA
Achevé d'imprimer en Espagne par CPI
Dépôt légal 1re publication janvier 2018
48.7662.0/03 - ISBN:978-2-01-703827-6
Loi n° 49-956 du 16 juillet 1949 sur les publications destinées à la jeunesse
Dépôt légal : octobre 2018